召喚科
担任教師
ライラ・
グリーンヒル
召喚科
（Fランクラス）生徒
シバ・
イシュタール
召喚科
（Fランクラス）生徒
ディアナ・
ハーベスト
召喚科
（Fランクラス）生徒
ファリン・
エゼク
召喚科
（Fランクラス）生徒
エミリー・
フランシス

かつて大賢者に
封印された魔王
エルゼクス
元大賢者？
アルフレッド・
エバンス

Ｆラン生徒は元大賢者

～先生！　召喚魔法で魔王が来たので早退してもいいですか？～

茂樹修

ぶんか社

CONTENTS

プローグ　～大賢者の伝説～

――昔々この世界に、アルフレッドという青年がいた。神々の如《ごと》き力、魔法を用いて世界の支配者たる魔王を封印した彼を、誰もが大賢者と呼んだ。

しかしそれは歴史の側面でしかなかった。

事実だった。けれど、現実とは少し違った。

「……ったく、こんな相手に勝てるのかよ」

ソレを前にして彼は、大賢者アルフレッドは呟《つぶや》いた。自嘲《じちょう》気味に、こんな虚無《きょむ》で埋め尽くされた空間で、混沌《こんとん》が姿を持った世界の終わりを前にして。

強がりだった。押し潰されそうな絶望を和らげるため、精一杯の笑えない冗談。それでも彼は表情を直しその呼吸を落ち着かせる。

いつか誰もがそうしたように、輝く希望に手を伸ばす。天の星の軌跡をなぞり、描く形は五芒星《ごぼうせい》。

「召喚、魔王軍」

率いるのは悪魔の軍勢。最強最悪の連中だった。総勢五万を超える魔物の群れに、四天王とその頭《かしら》。

「こいつか？　お前が言う世界の終わりって奴は」

魔王がそう聞けば、大賢者は笑って答える。

「まぁね。今日のところは様子見のつもりだけど……本番とやらはどうなる事やら」

「ハッ、随分と弱気じゃねぇか。けれど見ろよ、そう思ってるのはお前だけらしいぞ？」

彼は振り返る。破壊と殺戮《さつりく》に飢えた悪魔達が上げる雄たけびに、思わず彼は苦笑いする。

「何とまぁ、皆さん血の気の多い事で」

「お前が少なすぎるんだよ」

彼は進む、一歩前へ明日に向けて。

彼らは進む。倒すべき敵に向けて。

「勝つぞ」

魔王がそう呟けば、彼の心が軽くなる。

――語られない彼らの伝説。いつかどこかの最後の闘い。

死力を尽くした勝負だった。一対五万の、負けるはずのない戦い。

それから、六百年の月日が流れた。

第一話　魔王が名乗った日

春、それは出会いと別れの季節。

東方由来のサクラの木が咲き乱れ、ピンク色の花びらが敷き詰められた石畳の道を行く巨大馬車の中はトランクを抱えた人で溢れかえる。

ワイバーンが運ぶ定期飛空船《ひくうせん》の駅の前には、単身赴任が決まった父親の前に涙を浮かべる息子がいて、市場はこれでもかと言わんばかりの大安売り。

この季節が許すのは、満面の笑みかくしゃくしゃの泣き顔だけ。

揃いも揃って同じような表情を浮かべるのは、きっと全ての魔法の始祖《しそ》である大賢者アルフレッドがそう決めたからに違いない。

だから、栄《は》えあるフェルバン魔法学園に入学した俺の足取りは当然軽く、その表情からは笑顔がこぼれ落ちている。

「……よしっ」

頬を叩いて気合いを入れる。

身に纏《まと》うのは黒いローブ、それから白いワイシャツに赤いネクタイと何の変哲もないベージュのズボン。憧れだった魔法学園の制服に身を包むのは感慨深いものがある。

今日は待ちに待った入学式……じゃなくて。

入試の点数によって決まる学科の発表と簡単なオリエンテーションがあるとの事。

石造りの城のような校舎の前の掲示板には、多くの新入生達が集まっている。

えー俺Bランクの治癒《ちゆ》科かよ、Dの増強科って何するの？　なんて声が方々から聞こえてくる。

で、俺の学科はというと。

「……見えない」

うん、黒山の人だかりとはまさにこの事。

隙間を縫《ぬ》って突入すればうまく前に行けるかもしれないが、つい先週まで田舎で羊飼いをしていた俺にそんな技術があるはずもない。

というわけで人込みから離れてジャンプ。

さーてアルフレッド・エバンスの名前を探すぞなんて何度か試してみたものの。

「見えるわけないか」

ささやかな悪態とため息をつく。そりゃそうだよね、百人ぐらいは群がってそうな場所の先にある掲示板から自分の名前を探せるわけないよね。

少し待つかなと踵《きびす》を返せば、何とそこには俺と同じようにジャンプして確認を試みるという無駄な行為に及ぶ一人の少女がいた。

大きな瞳にウェーブする長い金髪、それからジャンプするたびにこれはもうバインバインという擬音以外思いつくなと言わんばかりの豊満な胸。

あ、こっち見た。スケべな人だと思われるかな。いや待てよ。だが女子はズボンじゃなくてスカートだ。ここで見守っていればその中身も拝めるのではないか。

どうするアルフレッド・エバンス。地元は少子高齢化で同年代の女の子なんていなかったぞ。何

より憧れの魔法学園に入ったからって、これから先女の子とお近づきになれるかどうかも怪しいんじゃないのかね。

「あはは……見えました？」

なんてしょうもない考えに頭を働かせていると、いつの間にかジャンプをやめた彼女が微笑《ほほえ》みながらそんな言葉をかけてきた。

「惜しかった」

うん、もう少し高くジャンプしてくれてたら見えてたのに。

「あなたの真似《まね》をしてみたんですけど……駄目ですね、自分の名前見つけられそうもありません」

「ああ名前ね、掲示板ね⁉」

冷静になる。そりゃそうだ、おっぱいバインバインに揺らした上に、パンツが見えたかどうか微笑みながら確認する美少女がいるわけないじゃないか、俺。

全く。せっかく入学できたのに変なところで舞い上がらないでくれないかな俺の頭よ。

「まあでも、さっきより数は減ったからそのうち見れると思うよ」

「ですねー、それがよさそうです」

無理やり話を戻す俺、苦笑いを浮かべる彼女。

そのまま二人並んで人が減るのをぼうっと待つ。けれど先に無言に負けたのは俺だった。仕方ないね。

「あ、そういえば名乗っていなかったかな……アルフレッド・エバンスです」

「わたしもです……失礼しました、ディアナ・ハーベストと申します、以後お見知りおきを」

ぺこり、とかわいい擬音が聞こえてきそうなお辞儀をする彼女。ぎこちなく頭を下げる俺。

「これでお互いの名前を見つけたら教えられますね！」

「確かに……ディアナさん頭良いね」

「ディアナでいいですよ、みんなそう呼びますから」

「あ、うん」

じゃあ次からそうさせてもらおうかなー、なんて気の利いた台詞《せりふ》は吐けない。

こんな美少女といきなり知り合いになれた事でいっぱいいっぱいなんだ俺は。

「まだ人減らないね」

「そうですね……ところでアルフレッドくんはこの学園の仕組みについてご存じですか？　ランクと学科の関係について」

「大まかな事しか知らないかな、何せ受験勉強で精一杯だったから……あとディアナ、俺の名前長いからアルでいいよ。親ですらそう呼ぶんだから」

そう答えるとクスクスと彼女が笑う。

「実はわたしのお姉ちゃんもここの卒業生なんですよ。だからちょっと他の生徒より詳しいんですね、えっへん」

腰に手を当てその大きな胸を張るディアナに思わず拍手を送ってしまう。彼女の知識に対してだよ、本当だよ。おっぱいは関係ないよ？

「何とこの学園では、入試の時の点数でAからFまでランク付けされるんです。Aが成績上位者ですね」

「ほうほう」

じゃあ俺はAランクのとこ見なくていいな。

「で、そのランクによって三年間通う学科が決まるんですよ。ちょっと不思議な仕組みですけど、何百年も試行錯誤した結果、これが一番効率がよかったみたいですよ？」

「まぁ色々やったもんね、入試」

思い出すだけで胃が痛くなる、フォルバン魔法学園地獄の入試。

まず筆記試験。

三百分五百問回答という鬼のような試験形式で、ありとあらゆる魔法の知識を脳みそが空っぽになるまで絞りつくされる最悪の試験。もう答えられる気はしない。

次に実技試験。

簡単な魔力測定だけじゃなく、実践的な魔法を一通りやらされる。はいやってみて、できてませんね、次の人どうぞの流れは胃に穴を開けるには十分すぎた。

最後に面接試験。

志望動機なんて野暮《やぼ》な事は聞かれない。はいじゃあとりあえず十五分喋ってから始まる大質問大会。

で、各100点満点で合計300点の試験。

ちなみに合格安全圏は総合180点なんて言われているが、俺の場合は120点も取れたかどうか。今ここにいるのが奇跡なぐらいだ。

「Aランクは攻性科、Bは呪文でCは錬金。Dランクはお姉ちゃんがいたとこで増強科ですね。そしてEが凋落科《ちょうらく》です」

「で、Fが召喚科だっけ。どんな所なの？」

何気なく。

本当に何気なく呟いた俺の一言に、周囲の空気が冷えて固まったような気がした。

おい今あいつFランの話したぞ、召喚科とか口にするのもおぞましいとかそんな話が聞こえてくる。俺悪い事したかな。

「それがですね。Fランクについてはお姉ちゃんよく教えてくれなかったんですよね。違う学科の情報ってあんまり入ってこないんじゃないですか？」

もっとももそんな周りの言葉はディアナの耳には届かなかったみたいで、相変わらずニコニコと笑顔を浮かべている。

と、掲示板に目をやればそろそろ人もまばらになってきた。

「そろそろ見れるかな」

「そうですね、一緒の学科だと良いですね！」

「俺は入試の手応えは散々だったから良くはないと思うよ」

「わたしも面接で緊張してうまく喋れなかったので……」

少し赤面するディアナ。きっと面接の時もこんな表情をしていたのだろう。かわいい。俺なら100点あげちゃうね。

「まずはAの攻性科からディアナの名前を探そうかな」

「多分いないと思います……」

少し背伸びして、Aランクの名簿から彼女の名前を探す。俺の名前、あるわけない。

そして一通り見た結果。

「大丈夫ですアルくん、わかってました」

非常に悪い事をした。

「……ごめんなさい」

「あ、じゃあ効率良くやるってのはどうかな!?　俺がBから見ていくから、ディアナがFから見てきてよ！」

「そ、そうですね。そうしましょう！」

うん、うまく場の空気が変わったぞ。よしBランクから何としてもディアナの名前を見つけるぞ。

俺の名前はいいとこDランクから見ればいいぞ。さーてどこにい――。

「あっ」

声を上げるディアナ。うん、凄い速さで見つかったね。

「アルくんの名前、Fランクの所にありました」

滅茶苦茶申し訳なさそうな顔をするディアナ。君は悪くないよ、悪いのは俺の頭なんだから。

まあでも自分の目で見ておこう。何々、以下の五名をFランクと認定し、召喚科への配属を命ずる、と。やけに少ないな召喚科。他の所三十人以上はいたぞ。

えーっと、一番上。アルフレッド・エバンス。

わかってたさ、俺の頭が悪い事ぐらい。でもせっかくだ、俺と同じぐらいの馬鹿の名前でも今のうちに覚えておくか。

「あっ」

今度は俺が声を上げる番だった。

だって俺の名前の下にはディアナ・ハーベストと書いてあったのだから。

「あっ、その……ごめん」

「いいんです、わたしの頭が悪いんです……」

この同意してもしなくても気まずくなりそうな空気をどうしようか。

さっきまでのはじけるような笑顔はどこかへ消え失《う》せ、ただ死んだ目をして落ち込んでいる。

「おね、お姉ちゃんと同じ、増強科に絶対入るって言ってきたのに……パパもママも喜んでくれてたのに……」

明るそうな彼女の家庭の事情が今は重い。ディアナのお姉さん、どうしてFランクの召喚科じゃなかったんですか、とどうしようもない事を思わず天に祈ってしまう。

「おいおい……あの二人召喚科だってよ」

「うっわカワイソー、三年間何しにここに来るんだろ」

「おい目を合わせるな、馬鹿がうつるぞ」

聞こえてくる他の生徒達の小声は、彼女を追い込むには十分すぎた。

そんなに評判悪いのかFランク。こんなの虐《いじ》めみたいなものじゃないか。

「あっ、ディアナ、名前の一覧の下に教室の場所書いてあるぞ！　ほら、後ろまだ詰まってるからさっさと移動しちゃおうぜ」

「アルくん……」

彼女の手首をローブ越しに掴《つか》んで、俺達は掲示板の前から離れる。

そのまま張り出された案内や校舎の地図に従って、どんどんと進んでいった。

「それにほら、まだ三人もいるんだっけ？　俺達の事歓迎してくれるかもしれないよ」

自分でも驚くぐらい口が回る。

さらに召喚科の教室は多分日当たりが良いとか食堂が近そうだとかトイレも結構行きやすそうだと、ある事無い事話していれば、とうとう召喚科の教室の前に到着した。

その扉は閉じられており、どこか重苦しい空気を放っている。

……おかしいなただの木の扉だぞこれ。

「その、ありがとうアルくん……わたしの事、励まそうとしてくれて」

気の利いた台詞どころか、うんともすんとも言えない俺。

それでも少し赤くなっていた彼女の目の色は、少しだけ元気そうなものに変わっていた。

「そう、ですね。落ち込んでいても何にも始まりませんよね……」

「そうそう、こうガラッと開けたらみんな歓迎のクラッカーを鳴らしてくれるかもしれないだろ？」

「もう、誰もそんな物持ってきてませんよ……でも」

そりゃそうか、そりゃそうだな。

でも、って何だろう。他の物なら持ってきてるのかな。

「他の人達も、アルくんみたいに優しい人だと良いですね！」

満面の笑みを彼女が浮かべる。これはやられた、これはずるい。

――だって俺はこんな笑顔を、二度と拝めないと思っていたから。

差し出されたその手を、俺は掴まなかったのだから。

少し頭が痛くなった。どうやらこの一悶着《ひともんちゃく》で少し疲れていたらしい。

けれど、俺も素直に思う。こんな笑顔に囲まれてずっと過ごしていけたらと。そんな気の利いた言葉は当然恥ずかしくて言い出せないから、俺はその扉に手をかけ。

「じゃあ、そろそろ開けるとしますか……！」

何のためらいもなく、勢いよく開けた。

開けちゃったんだよなぁ。

陰鬱陰惨陰陽師《いんうついんさんおんみょうじ》、ありとあらゆるネガティブっぽい意味の単語で埋め尽くされた教室の空気は最悪という言葉とは悪い意味で程遠い。もちろん最悪の方が随分マシという意味だ。マイナスに限界が無いという事実を肌で感じる貴重な経験、四軒隣のラブル爺《じい》さんが屋根の雪下ろしの時に滑って転んで死んだ時の葬式の方がまだ明るいとはどういう事だ。各々《おのおの》の机に座る仲間達から立ち込めるのは殺気正気倦怠期、もうこれ召喚魔法じゃない別の魔法極めているよね。みんなもしかして事前に打ち合わせしたのかな。ディアナだって顔が暗くなってるぞ、さっきの笑顔はどこへ行った。もしかして同じオーラ放ってますけど知り合いですか違うんですかそうなんですね驚異のシンクロニシティ。何とここにいる俺以外。

◆◆◆

――みんな目が死んでいた。

とりあえず深呼吸して気持ちを整えてディアナの表情を盗み見る。

目が死んでいた。しまった彼女がもう犠牲者の仲間入りだ。

これ以上彼女を励ますのは不可能だろうと冷静に悟った自分がここにいる。この教室を見回したところで、あるのはせいぜい黒板に教卓、おまけに木で出来た簡素な長机と椅子ぐらい。うーんこの机の肌触りとか無理に褒《ほ》めたって虚《むな》しくなるだけ。

けれど何もできないわけじゃない。この陰鬱な空気を吹き飛ばして、またディアナに笑ってもらう方法が一つだけ残っている。それは本当に単純だけど、凄《すご》く難しい事に思えた。

「えーっと……俺の席ってここでいいのかな？」

見回した限り一人だけいた男子の隣に手をつき、わざとらしく尋ねてみる。そう、残された手段はクラスメイトと会話して、教室の中を明るくする事。というわけで俺は女子……はハードルが高いのでこの浅黒い肌で黒髪くせ毛の彼に話しかけたのだ。

「どこでもいいんじゃないかな……どうせ五人しかいないからね。全部似たようなものさ、僕も適当に座っただけだし」

「そうなんだ」

そしてまたやってくる無言の時間。会話下手すぎるんじゃないかな俺。とりあえず座ってみたがさてどうしよう。

「えーっと……アルフレッド・エバンスです。これからよろしくね」

うまく動いてくれない口から出てきた言葉は簡単すぎる自己紹介。いやもうちょっとあるだろ、流石《さすが》に出身地とか趣味とかそういうの。

「今……君は何て言ったかな」

しかも、どうやらその発言は彼を怒らせるには十分すぎたらしい。わなわなと肩を震わせ、唇を噛《か》み、整った顔の眉間《みけん》に皺《しわ》が寄っているとくれば、激怒と言って差し支えがないかもしれない。

「これから僕がＦランクの召喚科だって⁉」

「言いがかりかな」

これからの部分しか合ってないよね。

「いいやそんな事はない、僕はこれからＦランクに通い召喚魔法といううちの庭師ですら覚えているような魔法をわざわざ学ぶためにフェルバン魔法学園に通う旨を父に手紙でしたため、返事にはどうせ家督《かとく》は弟に譲ると言い渡されて僕は、僕はっ……これじゃあスジャータにふさわしい男になれないじゃないか！」

大変そうな家庭の事情だって事は何となくわかった。どうやら円滑《えんかつ》にこの教室の雰囲気を明るくするには、彼も励ます必要があるようだ。ところでスジャータって誰だろう、地元の恋人かな。

「ああ失敬、僕とした事が君に当たるような事を……このままでは本当に彼女にふさわしくない男になってしまう。シバ・イシュタールだ、よろしく」

少しだけ落ち着いた彼は、まだ暗さの残る顔で右手を差し出してくれた。それを握り返せば少しだけ、この教室の雰囲気を変えられる希望が見えたような気がした。

「こちらこそ。ところでスジャータさんって地元の恋人？」

「ははっ、察しがいいね君は。僕には美の女神が裸足で逃げ出すほど美しいフィアンセがいるんだ。きっと僕が一人前の魔法使いになるまで星を眺め生地を織り花を活けながら待っているに違いないというのに僕は、どうして僕がFランクに！　入試の感触は悪くないはずだったのだがどうして！」

突如興奮し始めるシバ。一見すると線の細い流行の美男子の彼だが、中身の方はなかなかに危ない人らしい。

「凄いね、試験は自信あったんだ」

「当然だ！　筆記や実技はともかく面接の点数が低い事などあり得ない！」

と、ここで。自信満々の彼の表情を見て一つ思いついた事がある。それは間違っているのは彼ではなく、採点に不備があったのではという当然の疑問。もしかしたらディアナも、なんて期待がそこにはあったから。

「なら先生に入試の点数を確認してみたら？」

つい口に出た。

「確かに」

神妙な顔をするシバ。

――これがいけなかった。

「そうだ、この僕がFランクなんて間違っている。先生に直訴《じきそ》しに行こう、僕が……いや僕達が今ここにいるのは何かの間違いだって！」

黒髪でくせ毛の彼が拳を挙げて叫んだ。僕達、という言葉がよかったのか教室にいるみんなが次々と頷《うなず》き始めた。

「あのっ、じゃあわたしも点数だけ聞いておきたいです……」

まだ暗い顔をしているものの、ディアナがゆっくりと立ち上がり控えめに右手を挙げる。そして

ざわめき始める教室、いやまぁ五人しかいないけど。

「……錬金科希望だった。これは直訴案件」

ボブカットで眼鏡をかけた小柄な少女が、スッと席から立ち上がる。一人二人と続けばそれ以降は簡単なもの。

「フッ、どうやら六百年前に封印された魔王の生まれ変わりであるこの我を召喚科に閉じ込めようなど笑止千万お茶の子さいさい……今こそ反逆の狼煙《のろし》を上げる時！　皆の者、準備は良いか！」

少し紫がかったツインテールの少女もそれに続く。何で眼帯してるのかは、聞かない方が良いような気がしたのはきっと俺だけじゃないはずだ。

というわけでいつの間にか、俺以外の全員が立ち上がった。クラスの雰囲気を変えるという難問をもしかしたら解決したかもしれないが、思っていた奴とは違う事だけは確かだった。

「えいっ、えいっ、おーっ！」

拳を突き出し彼は叫ぶ。えいえいおーと二度三度。けれど気がつけば、突き出される拳の数が増え始める。

いつの間か彼の言葉に次々と続くクラスメイト達。初めはバラバラだった掛け声は徐々に調和し始め、一つの大きなメッセージになった。

もちろん俺以外。えいえいおー、えいえいおー。響き渡る掛け声に、やっぱりみんな知り合いだったんじゃないかと疑わずにはいられない。

「さぁアルフレッド君も！」

あ、黙って座ってるのがバレてしまった。ここはそうだな、別に入試の手応えから考えたらFランク認定より合格した事の方が何かの間違いなんじゃないかと思っている俺だけどさ。

「えっ、えいっ、おー……」

一緒に拳を高く突き出す。

今、俺達の心が一つになった……ような気がした。多分気のせいだろう。

「みんな……行こうか職員室へ！　僕達の学園生活はこれからだ！」

彼がそう叫べば、ワッと歓声が上がり始める。そして勢い良くスライド式の扉に手をかけようとした。

ガラッ、なんて威勢の良い音と共に扉が開かれてしまったのは、決して魔法学園の扉が魔法で動く便利なものだったからではない。その扉を彼よりも早く、開けた人がいたというだけの話。

制服である黒いローブ、ではなく飾り気のない白いブラウスに茶のタイトスカートの背の高い女性がそこにいた。うん、多分教師だろう。茶色い髪を後ろで纏めて、その口元にはタバコなんか挟まっている。

この人がFクラスの担任で間違いない、俺にはそれがわかってしまった。

「よーし揃ってるなファンタスティック馬鹿ども、私が担任のライラ・グリーンヒルだ。早速だがオリエンテーション始めるぞ」

だってこの先生も、目が死んでいたのだから。

◆◆◆

「ま、待ってください先生！　どうして僕達がFランクなんですか！」

席に戻る間もなく、シバが抗議する。

「ファンタスティック馬鹿だからだ」

が、一蹴《いっしゅう》される。なるほどFランクのFはファンタスティックの意味だったのか。

試験には絶対出ないから覚えなくていいな。

「納得できません！」

しかし、その一言で大人しくなる彼ではなかった。

むしろその鼻息は荒くなり、侮辱されたかのように悔しそうな顔をしていた。いや馬鹿にされてたね、俺達。ファンタスティックって付いてはいても単純に馬鹿呼ばわりされてたわ。

今度は担任が表情を変える番だった。面倒臭いって文字を顔に張り付けながら頭を掻く。

それからタバコの煙を吸い込みゆっくりと吐き出して、教師らしく一つの提案をしてくれた。

「あー……まあそこまで言うなら仕方ないな。入試の結果って本当は個別に教えなきゃならないんだが、全員納得いかないなら今ここで教えてやる。いいな？」

その一言でこの無駄な暴動騒ぎは収まった。各々が席に戻り、ただゆっくりと頷いたのだ。

まぁ当然そうするよね、みんな自分の入試の点数に自信があるんだから。

「そこの天パの名前は……シバだな」

というわけで、初めは扇動者《せんどう》だったシバが指さされた。

「シバ・イシュタールです。故郷にスジャータという恋人がいて、彼女はそう、まさしく天からこぼれ落ちた太陽の化身。僕の人生全ては彼女に捧げるためにある！」

拳を握り力説する。

自己紹介というか彼女の紹介だったが、幸せそうで何よりです。先程風貌までは窺《うかが》えなかったが、線の細い流行《はや》りの美男子といった風貌の彼にお似合いの美人なんだろうと自然に想像してしまう。

多分彼の愛のなせる業《わざ》なのだろう。

「筆記は平均の53点実技は44点……面接が2点だな」

手に持っていたノートを捲《めく》りながら、先生が淡々と答える。

面接が異常に低い。あれ、自信あったんじゃなかったっけ面接。

「にて、2点ですかぁっ!? おかしぃですよ、僕はスジャータの素晴らしさについて時間の限り語ったというのに!」

「それが原因だな、よかったなー自己採点間違えてて」

なるほど面接中もこの調子だったのか、そりゃ駄目だわ魔法学園関係ないわ。

「で、そこのボブ眼鏡」

「……ファリン・エゼク」

小柄なボブカットで眼鏡の少女が、多分トレードマークなのだろう眼鏡をクイっと直して端的に答える。確か錬金科志望だったような気がしたぞ。

「筆記99点実技0点面接0点……何やったんだお前」

「……寝てた」

「そうか良かったな、これからは寝放題だぞ」

どうして試験の三分の二を放棄してFランク認定に疑問を持てたのだろうかこの人。

「次行くか。金髪のディアナだな」

「は、はいディアナ・ハーベストでしゅっ！」

噛んだ。

可愛いなって素直に思うのは俺だけじゃないだろう。

「あがり症だったんだな、解答欄間違えて筆記０点で実技も39点だが面接60点だ」

「あ、でも面接もうまく喋れませんでした……」

「おじさんの面接官って人種はね、そういうの好物なの」

よかった面接官のおじさんも俺と同じだ。落ち込んでる顔も可愛いと思うよ。

うーん１００点あげちゃう。

「で、眼帯ツインテ……目ぇ怪我《けが》してんのか？　医務室行くか、医務室」

次の標的に容赦《ようしゃ》のない言葉を浴びせる先生。多分それ悪いの目じゃないと思うんですよね。

「ちがっ、これはじゃが、邪眼《じゃがん》であるぞ！　それに魔界のプリンセスの生まれ変わりたるこのブラックレイヴンを、が、眼帯ツインテとは不敬であるぞ！」

「本名はエミリー・フランシスっと……筆記22点実技77点面接０点だぞ。理由はわかるな」

本名エミリー以外のクラスメイトも頷いた。何となく察したのだ、眼帯で隠された出来物とか物貰いの類《たぐい》には触れちゃいけないんだなって。

「ふっ、あのような俗物どもに我の崇高な闇の理想を理解できるものか……クックックッ、この学園も地に落ちたものだな。いずれ地獄の業火《ごうか》がこの学園を包む事だろう」

「そういうとこだぞ」

ちなみに学園が物理的に浮いてた事は一度もない。むしろ浮いてるのは……やめておこう、触れたら地獄の業火で大火傷《やけど》するかもしれない。

「最後、そこの……特徴無い奴」

「アルフレッド・エバンスです」

最後の標的こと俺は素直に名前を答えた。

まぁそうだよね、背も体重も標準で少し長めの黒髪ってどこにでもいる特徴だよね。他のクラスメイトが個性豊かすぎるだけって気がしないでもないけどさ。

ちなみに名前は大賢者にあやかった名前でこの国で五番目ぐらいに多いはず。苗字は確か三番目だったかな、自分でも平凡なのはわかってます。

「名前も特徴無いな、よくある名前によくある苗字か……おっでも点数は特徴的だな」

「本当ですか？」

「全部33点だ」

わぁ逆に取るのが難しい点数だ。

「はい、じゃあ君らに早速問題。三科目合わせて合計何点だった？」

ノートを閉じため息交じりに先生がそんな事を尋ねてきた。俺は簡単だ、三十三の三倍するだけ。99点、惜しいね。いや何にも惜しくないわ、これ普通に悪いだけだわ。

だが少し不思議な事に、クラスメイトの呟き声も俺と同じ数字だった。

「……みんな99点だ」

シバが呟けば、思わず互いの顔を見合わせる俺達。

そんな所に共通点があった、いやむしろFランクというのはそもそも。

「そういう事だ。Fランクってのはこの学校の合格最低点に対する評価だぞ、この教室にいる事に納得したか？　ちなみに採点ミスってのは無いからな。よし納得したな？　よかったなお前ら、私は最低点を取る奴が五人もいる事実に全然納得してないぞ」

まぁ死んだ目でタバコふかしてる人が納得してるわけないよね。

「最低点って事は、例年召喚学科って一人しかいないんですか？」

「いや二年と三年は0人だ。学内でFランFランと馬鹿にされるのに耐えきれず実家に帰った」

思わず口をついた質問の答えは、思った以上にひどい話だった。

ついさっきまで意気揚々《ようよう》とえいえいおーなんて叫んでいたクラスメイト達も、三年間そんな生活が待ってると知って目どころか顔の筋肉まで死んでいる。

まぁその片鱗《へんりん》に関しては、みんなあの掲示板の前で味わったのだろう。

「ま、今のうちに諦《あきら》めて実家帰るってのも手かもしれないな。そういう相談は五時までならいつでも聞いてやる」

で、先生が無駄に追い討ちをかける。もはや背筋を伸ばして着席しているのは俺だけだ、スジャータスジャータと呟いたり目を閉じたり涙声で嗚咽《おえつ》を漏らしたり眼帯を掻きむしったりとみんな全力で現実から逃げようとしていた。

流石に申し訳ないと感じたのか、タバコの火を消しポケットから取り出した小さな灰皿に吸い殻を入れ、先生が両手をぱんと叩いた。

「聞いてやるが、まぁ焦って結論を急ぐ話でもないさ。今日のオリエンテーションぐらい受ける元気はあるだろう？　これからの事はゆっくりと考えれば良い」

先生が微笑めば、少しだけ顔を上げて微笑む生徒。

流石フェルバン魔法学園、Ｆランクの召喚科でも先生はこうやって人を励ませられるぐらい一流の人が揃ってるんだな、なんて思ってしまった。

「どうせ召喚学科暇だしな！」

なんて思ってしまった二秒前の自分を殴りたい。

絶対人をおちょくって楽しんでるよこの先生。

◆◆◆

所変わって俺達は年季の入った教室を出て、校庭のすぐそばにある森の入り口の前で体育座りをさせられていた。

先生はと言えば相変わらずタバコをくわえながら、俺達に一枚の紙を差し出してくれた。

「よーし、全員に行き渡ったな。早速だがオリエンテーションを始めるぞ」

「今日の資料ですか？」

軽く目を通して質問する。ちなみに題名は、召喚魔法をはじめよう。

その一、召喚獣と契約しましょう。

地面に五芒星の魔法陣を描いて召喚獣を真ん中の五角形に放り込んで魔力を込めれば契約完了です。

その二、召喚魔法を使いましょう。

指先に魔力を込めて五芒星を描いたら、真ん中の五角形を強く押します。何で押してもいいです。

その三、もう教える事はありません。

「いや、お前らの三年間の教科書」

——これだけである。

ちなみに紙の半分は言われなくたってわかる五芒星の絵で埋まってるのにまだ余白がある。

凄い、たったこれだけを三年間もかけてどうやって学べば良いんだろう。

「仕方ないだろ、召喚魔法ってこういうものなんだから……はい魔物捕まえた契約します召喚します以上！　あと何の説明する？　こっちの身にもなってみろ」

三年かけて紙切れ一枚の内容を教える方と教わる方どちらが大変かという議論の結論はおそらく出ないが、今日のところは他の四人の表情が相当暗いので教わる方の勝ちでいいだろう。

「まあ何だ、全く役に立たないってわけじゃないからな召喚魔法。むしろ交通や流通には欠かせない魔法だぞ、奇跡的に卒業した連中の就職先は悪くないぞ？」

先生がフォローを入れてくれるが、誰も聞いちゃいなかった。

「ところで先生、どうして俺達外にいるんですか？」

それはともかくとして、落ち込んでいても話が進まないから先生に純粋な疑問を投げかける。

まさか、さあオリエンテーションだと言われて教室を後にするなんて思ってもいなかった。

「どうしてってアルフレッド、お前は召喚獣も無しに召喚魔法が使えると思ってるのか？」

「確かに」

「ちょうどこの森には召喚獣になりそうな魔物が沢山いてな。お前らその辺から捕まえてこい」

「今からですか？」

「私はこう見えて面倒な仕事は先に片付けるタイプなんだ」

ちょっと先生の都合はどうでもいいですね。入学初日から魔物と戦うとか想定してないんですけどねこっちは。

「ライラ先生、僕らに魔物と戦う力は無いと思うんですが」

と、もはやクラスの纏め役と言っても過言ではないシバが至極真っ当な質問をしてくれた。きっと地元の彼女が絡まなければ結構常識人なのだろう。

「あのなぁシバ、まさか丸裸で魔物のいる森に向かわせる教師がいると思うか？　武器ぐらい用意しているに決まってるだろ」

その言葉に俺達は胸を撫《な》で下ろす。そうだよね、まさかろくに魔法も使えないFランクに魔物と戦ってこいだなんてそんな無茶な要求あるわけないよね。

「あそこに刺さってる竹槍から好きな物持っていっていいぞ馬鹿ども」

先生が指さした先には、竹槍が地面にぶっ刺さってた。もはや竹槍の群生地である。

もっとまともな武器はないんですかという質問はどうせ無駄だろうと無言で悟った俺達は、死んだ目で竹槍を引き抜いた。

夜に会ったらゾンビに間違われるに違いないだろう。生気の無い表情なんて特にリアルだ。

「よしじゃあ……行ってこい」

えいえいおー、なんて掛け声は無い。

生きる気力を無くしたＦランはコミュニケーションを放棄し重い足取りで森に入っていく。

団体行動なんて取れる気力は残っておらず、みんなそれなりの距離を置いて藪の中を進み始める。

「ディアナ」

その一つの去りゆく背中が暗かったから、思わず声をかけてしまう。

「あ、アルくん……どうしました？」

「いや元気かなって」

元気なんてあるわけないだろ、見りゃわかるだろ俺の馬鹿。

「え、えへへ……あんまり無いです」

「よかったら一緒に探しに行かない？　一人より二人の方が効率いいかなって」

ごく自然にそんな提案を口にする俺。けれど彼女は少しも頭を悩ませず、首を左右に振っていた。

「えっと、今は一人にならなきゃいけないと思うんです。あ、アルくんが嫌だとかそういうのじゃないですからね⁉　ただ、家族に何て言おうとかこれからやっていけるのかとか……ちゃんと自分で考えなきゃいけないかなって」

「立派だねディアナは」

「こんな状況で周りの心配する人に言われるとは思いませんでした」

クスクスと彼女が笑い、そんな言葉を残して森の中へと進んでいった。

その足取りは少しだけ軽そうだったから、自分も少しは人の役に立てたのかなと自惚《うぬぼ》れる。

と、周りの心配している場合じゃないな俺も。

相変わらずＦランクで、馬鹿にされる未来も目に見えているけど今は目の前の森に挑もうか。

何の役に立つかわからない、竹槍でも杖にしながら。

◆◆◆

「ふぅ……」

森の中を散策して、少し疲れた俺は適当な木陰に腰を下ろした。

自然と漏れたため息は、妙な心労のせいだろう。まさか伝統あるフェルバン魔法学園の入学初日に森の中を歩かされるとは思ってもいなかったからだ。

それからもう一つ、いやある意味四つだろうか。

クラスメイトの生気の無い顔がどうしても頭から離れない。ディアナはまぁ少し元気になったみたいだったけれど、それでもクラス分けを見る前の明るさには程遠い。

みんなそれぞれ使命とか希望とか持ってこの学園に来たというのに、やらされるのはこんな事。

別に森の散策が悪だとは言わないが、それにしてももっとこう、あったんじゃないかと思ってしまう。せめて職員室に乗り込もうとした時ぐらいには、楽しそうにするやり方がさ。

なんて悩んでも答えを出せるほど頭の出来はよろしくないので、俺はそのまま寝転んだ。

青い空に緑の天井、木漏れ日が眩しく昼寝するにはいい時間。目を閉じればほら、風に揺れる木々の音に近くを流れる小川のせせらぎ、それから少し甲高《かんだか》い何か魔物の鳴き声が。

「ん？」

思わず起き上がる。

この音随分近いなと周囲を見回せば、声の主がすぐ見つかった。ちょうど日除《よ》けにしている木の枝の先の方に、ぶら下がるようにしてそれはいた。

小さな灰色のドラゴンだった。

「何だお前、怪我してるのか」

よく目を凝らせば、六枚もある羽の根本から血が滴《したた》り落ちていた。

木に登って助ける……駄目だ枝が細すぎる。何かこう長い棒を差し出してそれに掴まってもらって……いや無いだろ長い棒、そんな都合よく。

いや嘘ごめん、竹槍あったわ。

というわけで竹槍を掴み、その尖《とが》っていない方をドラゴンに差し出した。こっちの意図をすぐに察してくれたのか、小さな手足を器用に動かし竹槍にしがみついてくれた。ゆっくりと下ろして傷を見れば、何かに引っ掻かれたような傷が出来ている。

応急処置。

小川の近くに移動して傷を水で洗い流し、自生していた薬草を指ですり潰し傷口に当て、ワイシャツの袖を破き即席の包帯にして巻き付ける。実家が羊の牧場という事もあって、この程度なら慣れている自分がいた。

「少しはマシかな?」

そう呟けば、ドラゴンが嬉しそうに鳴き声を上げた。

おや、これはもしかして。

「召喚獣ゲットだぜ!」

今日の授業もとい三年間の授業の三分の一が終了した瞬間だった。

「冗談だよ」

――とはならないのが現実である。

ドラゴン。

勢いで治療してしまったが、ドラゴンは学生風情がおいそれと召喚獣にしていい生物ではない。成体の知能は人語を操れるほど高く、力は一国の軍隊に匹敵するほど強大である。翼があるからといって定期船を運んでいるワイバーンとは格が違う、文字通り別格の生き物なのだ。

だからドラゴンを召喚獣にできるのは国一番の魔法使いや、名誉ある貴族の長ぐらい。それすらも少数で、今やドラゴンは大金を積んだ成金の箔《はく》付けのために契約されるのが殆《ほとん》どだ。

どうです私の召喚獣ドラゴンですよ凄いでしょうと自慢するためのアクセサリー。檻に入れられ首輪でつながれ、空も飛ばずに生涯を終える。

とまぁ長々と頭を働かせてしまったが、結局のところ頭も地位も金も無い俺にはドラゴンを従える権利は無いのだ。

できる事はせいぜいこいつを連れて帰り、よくやった褒めてやろうと言われる程度。そしてこいつは成金の召喚獣として、大して面白くもないお飾りの一生を全うしなければならない。

それはどこか、歪《いびつ》で間違っているような気がしたから。

俺はまた竹槍の上にこいつを乗せて、そっと元の場所に戻した。去り際に少し悲しそうな鳴き声が聞こえたが、振り返らずに俺は進む。

「じゃあなドラゴン、無理するなよ」

そんな言葉を、聞こえるわけのない距離で呟きながら。

夕暮れ時、俺は重い足取りで集合場所へと戻ってきた。

その原因はたった一つ、あれからドラゴンどころか小さな魔物一匹さえ見つけられずにいたからだ。

◆◆◆

で、つい先程まで俺の頭に靄《もや》のように薄暗い気分にさせてくれた死んだ目のクラスメイト達はといえば。

「見てくれたまえこの純白の翼を！　神秘的なまでの白さだ……僕にふさわしいと思わないかね⁉」

「えへへーわたしの子馬さんだって負けてない白さですよー」

「ふっ、我が魔獣の持つ漆黒の毛並みに比べれば些細《ささい》なものであるぞ」

「この蛇も……なかなか黒い」

めっちゃ笑顔で捕まえた魔物談義していた。

白組シバの小鳥とディアナの子馬。

黒組エミリーの子猫とファリンの蛇。

やっぱりうん、俺以外事前に打ち合わせしてたよね君達、お互い実家近いのかな？

「わぁ俺だけ捕まえてない」

「はっはっは、元気を出したまえアルフレッド君！　誰にでも得意不得意は……あるさ！」

とってもいい笑顔で歯を輝かせて励ましてくるシバを殴りたい。

「そうですよアルくん、次の機会に頑張ればいいんです！　わたし達もお手伝いしますから！」

うんうんと強く頷きながら励ましてくれるディアナ。きっと素直で純真なのだろう。それに引き換え黒組の二人は。

「ダークテンペスト、ブラックサン、いや尻尾だからテイル……」

「冷たくて気持ちいい、この子いい枕になる」

捕まえた魔物に夢中である。多分俺の名前も覚えてない。

そんな和気藹々《あいあい》とした中から、一歩距離を置いてため息をついた俺は、ある重大な事に気づいてしまった。

「あれ、それより先生は？」

そう、ライラ先生の不在である。

一応捕まえてこいとのお達しだけだったので彼らもまだ魔物と契約していないのだろう、地面に契約の魔法陣である五芒星が描かれた跡は無い。

そりゃまぁ先生どうですか白いでしょ黒いでしょだのあって然《しか》るべきだよね。

「それがどうも先程から姿が見えなくてね……少し困っていたのさ」

「ですね、懐いてくれているとはいえまだ契約できていないですし」

「ここで待つのが得策」

「であるな」

というわけで待機開始。

といってもみんな自分の召喚獣を愛《め》でるのに精一杯で暇そうな素振りは一切無い。

高笑いしながら撫でたり両胸でしっかり挟んだ上に頬擦りしたり無理やりカッコいいポーズをとらせようとしたりとぐろを巻かせて枕にしようとしたりと大忙しだ。

俺は違う、手にあるのは竹槍だけ。愛でるかな、いや愛でる要素無いでしょこれ。

「しっかし……どこ行ったんだろうなあの人」

とりあえず竹槍を暇潰しに振り回しながら、周囲を色々見回してみる。

校舎からやってくる人影は特に無し、森の方には何だろうあれ、こう……光ってるな、火かな、そんな玉みたいなものがどんどんこっちに迫ってきて。

――いやこれ、誰かの魔法じゃないか。

「……危ないっ！」

伏せながら叫ぶ。

俺の声に気づいたクラスメイト達もみんな一斉に伏せてくれた。そのおかげで火の玉は、俺達の頭上を掠《かす》めただけで済んだ。

掠めただけ？

冗談じゃない、それはこっちを狙ってきたって意味だ。

それに魔法での攻撃なんて、冗談の範疇《はんちゅう》を優に超えている。

「だ、誰ですかいきなり！　人に魔法を向けるなんて！」

ディアナが叫ぶ。

一瞬静まり返った森から、聞こえてきたのは笑い声。決して愉快なものじゃない、誰かを馬鹿にした時に出るやたらと不快なそれだった。

「人に？　それは……少し違うわね。私達が狙ったのはそこにいる魔物よ？」

ぞろぞろと顔を出す四、五人ほどの学生達。その手にあるのは魔導書だから、どこの誰かはこれでわかった。

「攻性科」

この学園で最高の成績であるAランクを与えられた、魔法の深淵《しんえん》たる攻性魔法を学ぶ天才達。

ネクタイの色は俺達と同じ赤色だから学年は一緒だろう。

みんなスカートだから女子だってのは、それこそ見ればわかる話か。

「魔物じゃない、彼は僕の召喚獣だ！」

小鳥を抱きしめながら、シバが声を荒らげて抗議する。

だが、返ってくるのはやはりあの不快な笑い声だけ。

「まだ契約してないんでしょう？　だからそれは、私達攻性科が討伐《とうばつ》しなきゃならない森の魔物なのよ。わかったかしら？」

血のような赤毛を腰まで伸ばしたリーダー格らしき学生がそんな事を言い出した。

なるほど、コイツらもコイツらで事情ってものがあるわけだな。だったら俺達のいない所で勝手にやってくれれば良いものを。

「あと、それにもう一つ」

赤毛の持つ魔導書のページが赤く光った。込められた魔力に反応し、また巨大な火球を作る。

「Fランクなんてお馬鹿さんが……人間扱いなわけないでしょう！」

再び飛来するそれは、真っすぐと俺に向かってきた。

まさか先生の言っていたひどい扱いをこんなに早く受けるとは、と思わずにはいられない。この学園においてランクの序列が意味を持つ事の証左なのだろう。

ただ、避けるのはそこまで難しくないのも事実。

速さで言えば子供が投げるボール程度だったからだ。

自分的には華麗に避ければ、苛立ちの詰まった舌打ちが聞こえてきた。

「俺達が人間じゃないなんて、あいつ目が悪いみたいだな」

「ああいうのは性格が悪いって言うのさ」

ふと漏れた言葉に、いつの間にか隣で竹槍を構えているシバがそんな言葉を返してくれた。

狙われたのは俺なのにどうしてと思ったが、そんな感情を意に介さず彼は不敵に微笑んだ。

「それよりアルフレッド君、か弱い女性を守るのは紳士の役目だと思わないかい？」

彼が顎で後ろを指せば、クラスの女性陣がそこにいた。やっぱり地元の彼女が絡まなければ結構良い奴なんだな。

まあでも。

「思うけどそういう発言、気にする人も増えたみたいだよ」

最近のうるさい人はそういう発言に怒りそうだし、ディアナ以外の二人はか弱いと表現すべきか疑問だが。

「そうだなその通りだ……どうだろう、僕達良き友になれると思わないかい？」

その提案にゆっくり頷く。どうやらこの三年間、友達がいないという状況は避けられそうだ。

それでも。

「それはこの竹槍で……天才どもを追い払ってからの話かな！」

少なくともこの状況を切り抜けてからの話だが。

ここは魔法学園の生徒らしく魔法で決着をつけられたら格好良かったかもしれないが、そんな魔力があればそもそもこんな状況には陥っていないわけで。

だから俺に、いや俺達にできる事は相手の動きを見ながらがむしゃらに進む事だけだった。

竹槍を構えて走る。

隣にいるシバもそうだ。

大丈夫、あの程度の速さなら避けられる。

何せ子供の投げるボール程度だ、そうだよねシバ、待って来てるって！　何ニヤっとしてんだよ右だよ右に避けるんだって、いや待って何か走り方おかしくない？　君なんかめっちゃ内股だよね、
あーあー駄目だこれ、何も無い所でコケた。

「ごめんなさぁい！」

はい火球シバの顔面に入りました。

くせ毛が爆発してアフロヘアーになってるぞ、うーん天然パーマって凄いなじゃなくて。

「まさか運動が苦手だったとは」

てっきり大口叩くから得意だと思ったのに。

「はいこれでチェックメイト。所詮Fランクはこんなものだってわかったかしら？」

　シバの体を張った珍プレーに気をとられていたせいで、いつの間にか赤毛が俺の目の前にいて竹槍を蹴り飛ばす。まぁ大事な物じゃないからいいんだけどさ、両手上げるしかないよねこの状況。

「あれ、あなた魔物は？」

　と、ここで赤毛が俺がクラスで仲間外れだという事実に気づいた。

　うん、目は悪くないみたいだな。訂正しよう。

「生憎《あいにく》見つけられなくってね……いや見つけたんだけど逃げたというか」

　ドラゴンがいた、という事実は当然口にしない。

　この手の人がドラゴンを見て、自分にふさわしいだとか間抜けな事を言うのは想像に難《かた》くないからだ。まあAランクになれるほどの実力はあるかもしれないが、癪《しゃく》だよね。

「全く、あなたのような無能がよくもこの学園に来れたものね」

「合格したからね、最低点らしいけど」

　また舌打ちをする赤毛。きっと俺が自分と同じ制服に身を包んでいる事に我慢できないのだろう。

　プライドが高いのは損だ、なんて間抜けな感想が頭を過《よぎ》るが、俺が考えなきゃいけないのはもっと別な事のわけで。

「でしたら」

　赤毛の持つ魔導書が光り、頬でその膨大な熱量を感じる。

　そう俺が今頭を使わなきゃならないのは、この状況の切り抜け方。

　殴る蹴る？　駄目だそんな荒事向いていない。

　逃げる？　こっちの方があり得ない。後ろにはまだディアナ達がいる。

息を吸って、吐いて。頭を使うためじゃない、食らう覚悟を決めるため。

死ぬかな、最悪。

シバみたいに運良くアフロになるだけなら良いが、直毛の俺じゃ期待できない。

いやさっきから何だ俺の頭は。結構危機的状況なんだぞ俺は、もっと真剣に悩むべきだろ。

けど、何故《なぜ》か。

こんな瞬間こんな状況、どうしようもない時はいつだって。

——誰かが隣で、笑い飛ばしてくれたような。

「この、何なのこの魔物!?」

意識を取り戻す。

気を抜くとはいよいよだなと思ったが、どうやらそんな状況は過ぎたようだ。赤毛を襲う一匹の小さな鳥……じゃないドラゴン。

「お前は」

色は灰色、羽は六枚、そして一枚の付け根には俺のシャツの切れ端が残っていた。

「一緒に戦ってくれるのか？」

頷くドラゴン、どよめく周囲。

「何で……どうしてドラゴンがFランク風情の味方をするのよ!?」

それもそうだ、何せ俺の隣で羽ばたくのは小さいながらも生ける伝説。

何故、どうして。

そんな疑問符で埋め尽くされても、ドラゴンは気にせず俺のポケットに顔を突っ込み一枚の紙切れを突き出してきた。

題名、召喚魔法をはじめよう。

これから三年間かけて、俺達が学ぶ唯一の魔法。

「使えってか、お前と契約もしてないのに」

ドラゴンが静かに頷く。顔を上げれば、赤毛の顔には怒りの色が浮かび火球が肥大化し始めている。逃げ場は無い、戦う術《すべ》はこれしか無い。

だったら。

「賭けてみる価値は……ありそうだ！」

指先にありったけの魔力を集め、描く軌跡は五芒星。青く輝く魔力の中心に狙いを付け、その拳を握りしめ。

「消えなさい、この無能なFランクが！」

「……召喚！」

全力で殴りつける。パリンと、何かが割れる音が響く。

放たれた火球が爆散し、土煙が舞い上がる。浮かび上がるシルエットは、角と尻尾と六枚の羽。

それが奏でるのは美しく響く女性の声。

「……全く、相変わらず世話の焼ける奴だよお前は」

「どちら様？」

初めて聞く声だった。少し低いが、耳に心地良さの残る声。けれど不思議と懐かしい。

そして晴れた煙から、声の主が姿を現す。

「んだよアル、このオレの顔を忘れたってか」

――美しい少女がいた。

整った顔立ちに、星空からこぼれ落ちたような白く輝く長い髪。体を部分的に覆う灰色の鱗《うろこ》に妖艶さを宿しながら、黒く伸びた角は天をつらぬく。威勢良く広げられた六枚の翼と地面を打った巨大な尻尾が世界の空気を震わせる。

「ご存じないです」

うん、知らない人だ。いやさっきのドラゴンだってのは何となくわかるよ、六枚も羽あるし。

「はぁ……六百年振りの再会がこれか」

「人違いじゃないですか？」

まさか俺が六百歳の年寄りに見えているのかなこの人、おかしいなこっちはまだ十五なのに。

「いーやそれは絶対ないね。お前を間違えるわけないし、そもそもオレを召喚できるのはお前だけだ」

彼女は不敵に笑いながら、自分の顔を親指で指す。

が、忘れちゃならない存在が今目の前にいるわけで。

「さっきから何をゴチャゴチャと！」

赤毛が先程とは比べ物にならない、人間大の火球を俺達に向けて発射する。

が、彼女は顔色一つ変えず虫でも相手するかのように簡単に払い除ける。

「何だこの火は、焼き芋でも始めるつもりか？」

鼻を鳴らし、尊大な態度で彼女は答える。

その一言だけで攻性科の連中のプライドをバキバキに折って粉砕してごみ袋に突っ込むには十分すぎた。おそらくあのリーダー格の赤毛が最強だったのだろう、ようやく彼女達は事実を悟る。

この生物には、何をどうしても勝てないと。

「いや攻撃されてて」

「本当お前は冗談通じねーよな、さっきまで見てたからわかってるってーの」

「ですよねー」

ヘラヘラと笑う彼女に、苦笑いを浮かべる俺。

でもまぁ赤毛あたりはこんなの冗談じゃないって顔をしてるけどさ。気にしちゃいけないよね。

「んじゃまあ……オレの恋人に手を出したんだ。どうなるかわかるよなクソガキども」

「そうだそうだ！」

おうおう今度はお前らが覚悟する番だぞ召喚獣さんやってください！　あなたの恋人に手を出したらどうなるか身をもって教えてあげてくださいよ！

待て今何て言ったコイツ。

「……恋人？」

「お前本当何も覚えてないのな。良いか、お前は大賢者アルフレッドで」

彼女は右腕を天に伸ばし、ついでに人差し指を鳴らす。

紋章も呪文も無く、無数の火の槍が上空に出現する。

いやうん、アルフレッドは合ってるけど大賢者本人なわけないでしょ、人違いだよ。

「オレはお前と共に戦い、共に死ぬと世界に誓った」

知らない誓いだ、なんて言葉を出す元気はどこにもない。

ただ俺は呆然と口を開けて、ニヤッと笑い手を振り下ろす彼女の動作に目を奪われる事しかできない。

「魔王……エルゼクス様だ！」

その名乗りにふさわしい、地獄のような光景がそこにはあった。

延々と降り続ける炎の槍はあたり一面を火の海に変え、逃げ惑うエリート達。

状況が呑《の》み込めない俺達は、ただ立ち竦《すく》む事しかできなかった。

「詳しくは教科書でも読んどけ、どうせオレの事書いてあるんだろ？」

そりゃあもう、悪逆非道の魔王エルゼクスの名前は大賢者アルフレッドに次いで有名人だ。

曰《いわ》く生物の天敵であり、曰く世界への反逆者。

――それが何だ、その魔王が俺の召喚獣でついでに俺はあの大賢者だって？

言葉だけなら頭のおかしな人で一蹴できるが、目の前の光景を見てそうも言ってられないのが実情。

駄目だ、理解が追い付かない、少し状況を整理する時間が欲しい。何が起こってるんだ目の前で。

赤毛が黒焦げアフロになってるのはわかるけどもはやそんな事どうでも良いし。

「あ、ライラ先生帰ってきました」

思い出したようにディアナがそんな事を言う。

走ってきたのだろう額に汗を浮かべながら、先生は目の前の地獄を見て目を丸くする。

「おいおい、森の使用申請が攻性科と重なってると聞いて急いで取り下げさせてきたんだが……どうなってんだこれ」

クラスメイト達が一斉に俺の顔を見る。

裏切りやがったな、なんて言葉がつい過ってしまうが、俺以外に説明できないのも事実だから。

「先生！」

先手必勝。勢いよく、そして元気よく挙手《きょしゅ》をする。

俺から言える事なんて殆どないが、やるべき事はわかっている。

だから叫ぼう声の限り。

「召喚魔法で魔王が来たので……早退してもいいですか!?」

第二話　入学式はハンカチと共に

ライラ先生に首根っこを掴まれ、連行された先は生徒指導室。古ぼけた机の前に置かれた、簡素な丸椅子に腰を下ろして待つ事数分。

「さあアルフレッド、洗いざらい吐いてもらうぞ」

少し遅れてやってきた先生は肘置き付きの少し豪華な事務椅子に座り、胸ポケットからペンを取り出して俺に突き付ける。

「先生、俺は無実です」

けれど俺はそんな横暴に臆する事なく、その目を真っすぐに見て答えた。

そうこれは紛《まぎ》れもない事実、他に言い様なんて無い。

「無実……ね」

首をわざとらしく振ってから、先生はタバコをくわえて火をつける。それからゆっくりと煙を吐き出してから口火を切った。

「森は三分の一黒焦げ、Aランクの五人は全治二週間で全員アフロ、ついでに備品の竹槍が全部竹炭になったがそれでもお前は無実だと言うのか？」

「それはあの、ドラゴンというか魔王が」

そう答えた瞬間、先生の持っていたペン先が俺の頬を突く。痛いです体罰ですでもタバコじゃなくてよかったです。

「なあアルフレッド……お前あんな一年生がピクニックに行くような森に野生のドラゴンがいると思うか？」

本当にその通りなのだろうと素直に思う。極悪非道の賞金首よりも高額な値段の付く野生のドラゴンがいるのは、山奥の秘境や洞窟の奥と相場が決まっている事ぐらい子供でも知っている。

「それはたまたま」

「わかった、じゃあ今回の騒動の原因が魔王のドラゴンだとしてだな……まず第一にお前ドラゴンを召喚獣にするって意味がわからないわけじゃないよな？」

また先生がタバコの煙を吸い込んで吐き出す。

その熱とは裏腹に、自分の首筋に冷や汗が流れるのがわかる。

「いいかー、万が一アレがドラゴンだったらな、それもお前が言うように六枚羽の新種だって言うならなー、明日からお前のとこには成金がニコニコ大金積んでくるだけならまだしもなー金目当ての強盗に暗殺者、それから世界各国の研究者などなどお前の事をぶっ殺してでも手に入れたいような連中が、そりゃもうフナムシのようにウヨウヨやってきてなー、先生もなー何か対策しないと責任問題とかになってなー、下手したらというか学園的にはさっさとお前に退学してもらうような事態になー、なっちゃうんだよなー、いやーせっかく入学したのになー」

そして脅された。

お前はドラゴンなんか捕まえていないよなと特大の釘を刺されてしまった。つまりこの事故の原因が魔王もといドラゴンと認めてしまえば、俺は退学させられて方々から命を狙われるという簡単な方程式。

――というわけでその答えは。

「すいません俺の召喚獣はヤモリです……」

許してくれ自称魔王エルゼクス、君は今日からヤモリだ。

「そうだなうん、お前の召喚獣はツノツキロクマイバネヤモリだ」

満足そうに頷いて、先生が彼女にふさわしい立派な名前を付けてくれた。

今日からよろしくねツノツキロクマイバネヤモリ。今は教室で待機してるけど。

「で、おまけに美少女に変身して魔王だと名乗ったんだって？」

情報が早いのは、多分他のクラスメイトが口を割ったのだろう。いやそれか今ここにはいない本人か。でも先生がそう聞いてくれるって事は、事態を重く受け止めてくれているって考えていいんだよね、きっと。

「はい、しかも俺の恋人だって言うんです」

「それはあれだな……お前が思春期だからだな、勘違いだ。よくあるだろ、こう目の前に美少女が！　って奴」

「いやでも」

よくありますしそういう本読んだ事ありますけど。

「何だアルフレッド、お前も明日から眼帯着けて登校するか？　先生はなー構わないんだぞー、クラスに自称魔王の恋人と自称魔王の生まれ変わりがいてもー」

先生はさっきより少しニヤニヤしながら、そんな言葉を吐き出した。今度は少し楽しんでいるのだろう、馬鹿にされている事が素直にわかる。とばっちりでエミリーが標的になってる事も。

「すいません俺思春期なんです、勘弁してください」

「よし」

というわけで今までの結論。

――俺は思春期で召喚獣はツノッキロクマイバネヤモリだ。

「ま、納得しろとは言わんさ。ただ本当の事だけで丸く収まるわけじゃないんだ」

タバコの火を消し吸殻を小さな灰皿にしまってから、先生は少し寂しそうな目でそう言った。悪い人ではないのだろうと、簡単に思えるぐらいの顔だった。けれどまぁ、特に何か解決しているわけではなく。

「で、俺の処分はどうなるんですか？」

「処分ね……普通に考えたら何週間か停学だろうな。反省文も提出しなきゃならんが心配するな、それぐらいは私のストック写させてやるよ」

結構書いてそうですもんね先生、という言葉は呑み込む。

「反省文は写させてもらうとして……この事故ってどういう結論に収まるんですかね」

「それはお前、あれだ」

ここで事件を整理しよう。

森が黒焦げになってAランク五人が斬新なヘアスタイルにイメチェンの上大火傷、ついでに竹槍は竹炭になってしまった。で犯人は思春期でヤモリが召喚獣の無能Fランク。

「……どうなるんだ？」

不可能犯罪が成立してしまった。

Ｆランクに森とエリートを焼き払う魔法を使える能力は備わっちゃいない。一難去ってまた一難、今度は二人して頭を捻《ひね》る番となってしまった。

先生のタバコの不始末って事にしませんかという言葉をやっぱり呑み込んだものの、それ以上の案が出ないので黙る俺。

ふと窓の外に目をやれば、そろそろ日が完全に沈みそう。寮の門限って何時までだっけ。と、このまま生徒指導室でお月見しなきゃならないかなと諦めかけたその時、白衣を着た一人の青年が生徒指導室の扉を開けた。

高い背に甘いマスク、伸びた金髪を後ろで束ねた彼は挨拶も無しに口を開く。

「私、攻性科一年生ローレシア・フェニルは魔物に襲われている召喚科の生徒を救出しようとしたところ、無事魔物を撃退したものの誤って森に火を放ち火災を発生させてしまった事を深く反省し、二週間の自宅謹慎を自主的に実施します……とかどうですかねライラ先生」

名前を呼ばれたライラ先生は、少し不機嫌そうに頷いた。

何も思うところが無いわけじゃないけれど、確かにこれなら筋は通るか。

「もっともうちのクラスの連中が召喚科に迷惑をかけたのは事実ですから、君が望むなら体裁はいくらでも変えますし謹慎も延ばしますよ」

美青年は肩を竦めてそんな優しい言葉をかけてくれた。察するに教師なのだろうが、残念な事に俺が名前を知っている魔法学園の先生は目の前のタバコで動く人だけだ。

「えーっと」

「攻性科一年生担任のクロード先生だ、覚えておけよ」

「はじめまして、アルフレッド君……だったね。うちの生徒が随分と迷惑をかけてしまってすまないね、教育者として恥ずかしい限りだ」

「あ、いえ」

深々と頭を下げるクロード先生に驚きを禁じ得ない俺。何て事だ、この学園にこんなに立派な教師がいたなんて。担任代えてくださいって誰に言えばいいのかな。

「それだと攻性科がヒーロー扱いですね。少し、いやかなり癪に触るかな」

「まあ、彼らの家名に傷をつけるなとのお達しでね。呼び出されちゃったよ」

再び肩を竦めるクロード先生、思いっきり顔をしかめるライラ先生。

「副理事長？」

彼女の問いに返す苦笑い。それはどんな言葉よりも、雄弁に肯定を語っていた。

「あんのハゲデブ、賄賂《わいろ》貰ってんの少しは隠せよな」

またタバコを口にくわえ、ついでに机の上に足を投げ出すライラ先生。

お、魔法学園の闇と先生のスカートの中身見えるかな、見たら殺されそうですね、どっちも。

うーん今日の晩御飯何だろうなー、寮って遅れたら飯抜きって聞いてるんだよなー。

「ライラ先生、生徒の前ですよーっ」

わざとらしく耳打ちするクロード先生。しかしそれで己を曲げるほどライラ先生は甘くない。

彼の教育者らしい心遣いは、吐き出す煙の量を増やしただけだ。

「どうするアルフレッド、お前が決めていいぞ？　召喚科がイジメられた事にするか、助けられた事にするか」

まずそうにタバコを吸い込みながら、先生がそんな二択を迫ってきた。

少し悩む自分がいた。

けれど少しで済んだのは、自分が抱えているリスクやらを既に把握できていたおかげだった。また俺が原因になるような事に頭を悩ませるくらいなら、取るべき答えはすぐに出た。

「えっと、丸く収まるなら後者で」

「よく言った！」

ライラ先生は立ち上がり、悔しそうな顔を噛み潰しながら俺の肩を叩いてくれた。大変だな大人になるって。

まあでも、偉くはないと自分で思う。結局俺は保身に走っただけの事。

「俺も追及されてドラゴンを見つけた事にはできないですね、痛いですね先生めちゃくちゃ指に力入ってますね、そうでしたそうですね俺はドラゴンなんて捕まえてませんね、軽々しく口にしてはいけないんですね。

「ツノツキロクマイバネヤモリの事を公にしたくないですし」

ライラ先生の手が離れる。はい俺は思春期で召喚獣がヤモリです。

「助かるなー、Aランクの子も君ぐらい素直だったら少しは残業減るんだろうけど……今日の事を考えると望みは薄いね。また三年間仕事漬けだ」

クロード先生が胸を撫で下ろしながらそんな事をぼやいた。

共に漏れたため息には並々ならぬ苦労が込められていた。

「大変なんですか？」

「そりゃあね。家柄も良くて才能もあるとくれば、プライドの高さでお星様まで行けるような生徒達ばかりさ。攻性科の担任をやっていて魔法を教えるのに苦労した事はないけど、常識を教えるのは苦労しかないよ」

と、そこでクロード先生が自分の口に手を当てる。

「おっとライラ先生の事を言えないね、生徒に聞かせる話じゃなかった」

「いえおかまいなく、よく聞こえなかったので」

「いや本当聞き分けが良くて助かるよ。ライラ先生の教育の賜物《たまもの》かな？」

「まだ一日も経ってない上に、こんな場所にいる生徒ですけど？」

二人して笑う。あ、今俺馬鹿にされてる。やっぱり攻性科のせいにしようかな。

「そうと決まれば、攻性科に感謝の手紙でも書いとけアルフレッド。それでこの話は丸く収まるさ」

一件落着と言わんばかりに、ゆっくりと立ち上がるライラ先生。

去りゆくその背中に俺は思わず尋ねていた。

「ところで先生、感謝状のストックは無いんですか？」

「はっ、そんな物」

タバコを揉み消しながら、先生が不敵な笑みを浮かべて。

「あるわけねーだろ馬鹿にしてんのか」

わかりきった事を堂々と教えてくれた。それこそ立派な教師らしく。

◆◆◆

重い足取りで戻った教室からは、まだ暖かな光が漏れていた。

みんな待ってくれていたのだろうか、少し安心した自分がいた。

「ただいまー」

というわけで扉を開く。いやーみんな怒られちゃったぜって顔をすれば、少しは慰めてもらえるかななんて期待を胸に。

――もちろんそんな幻想は飛び込んできた光景が綺麗《きれい》に吹き飛ばしてくれたのだが。

「魔王様！　どうぞ我が領地の特産品であるヤギのチーズを使った菓子でございます。お納めください！」

跪《ひざまず》き、自称魔王に美味《おい》しそうな焼き菓子が詰まった箱を差し出すシバ。

「えへへ魔王様、肩とかこってませんかー？」

ニコニコと笑顔を浮かべながら、自称魔王の肩を揉みしだくディアナ。

「魔王様、この本面白かった。ぜひ読んで欲しい」

少し恥ずかしそうにしながら、自称魔王に高そうな装飾が施された本を差し出すファリン。

「あた、あたしに爪の垢《あか》飲ませてくださいい魔王様……先っちょだけでいいんですぅ」

誰この眼帯ツインテ、揉み手までして。キャラ守ってよ。

「いや、何してんの君ら」

俺の顔を見るなり、椅子から立ち上がった自称魔王が両手を広げて迎え入れてくれた。露出度は相変わらず高いまま。

「おっ、アルめやっと帰ってきたか……何だこっぴどく叱られたか？　泣くならほら胸貸すぞ、ばっちこい」

「借りません」

理性対本能の対決は理性が勝ったので返答はすぐできた。

「何だよ面白くないな、今なら頭も撫でてやるのに」

「撫でられた……くありません」

揺らぐ理性、喉元を通る生唾《なまつば》。ほらお前こういうの好きだろと本能が攻撃するが何とか耐えた、理性が勝った。ちょっとだけ負けてもよかった気もするけどさ。

「それで今回の件はどうなったんだい？」

シバが菓子の詰まった箱を机の上に置いてから、ようやくまともな質問をしてくれた。俺としてはこの状況に答えて欲しいところではあったが、待っていてくれたのだ、先に自分が答えるべきだろう。

「思春期でツノツキロクマイバネヤモリと契約した俺とみんなが、魔物に襲われてるところを攻性科のエリートに助けてもらった事になったよ。火事はその時の魔法が原因」

――静まる教室。

まぁそうだよね、みんな襲われたのに良い気分にはならないよね。

「それはその……何というか」

「ナメてんな。今度は全身火達磨《だるま》にするか？」

顎に手を当て苦笑いを浮かべるディアナと、思い切り舌打ちをして指をボキボキと鳴らす自称魔王。

「ええ行きましょう魔王様、今こそ僕達召喚科こそが最強だと学園中に知らしめる良い機会です！　あとこれ追加のお菓子です食べてください！」

そして間髪容《い》れずに跪き、もう一度菓子を差し出すシバ。いやだから何してんの君。

「ちょ、ちょちょっとシバこっち来て」

「どうしたマイフレンド、君も食べるかい？」

手招きすれば、何か問題があるかいとでも言いたげな顔で菓子を俺にも差し出すシバ。いや甘い物好きだけど、お腹《なか》は結構減ってるけど。

「何自然に家来になってるのかな、自称魔王のドラゴンっておかしいと思うだろ普通！　あとこれ一個貰っていいかな⁉」

小声をシバの耳元で荒らげながらお菓子に手を伸ばす自分を少し器用だなと感じながらも、ようやくこの教室で覚えた違和感について問い詰める事ができた。

「構わないが……やれやれ君は全然わかってないな」

が、彼は肩を竦めるだけ。

その態度に覚えた苛立ちを口にする代わり、手に取った菓子を頬張る。あ、これ美味しいわ。

「確かに彼女に関して得体の知れないところしかない。けれどたった一つだけ確かな事実がある……それは彼女がAランクですら勝てないほどの実力者だという事実だ」

「まあうん、そうだね」

丸い焼き菓子をかじりながら、彼の言葉を呑み込む。

彼女の正体はいざ知らず、強かったという一点についてはもう疑う余地は無い。おそらく学生風情が逆立ちしたって勝てない相手。

「そしてまた別の事実もある。僕達はこれから三年間無能なFランクとして過ごさなければならないという事実だ」

「まあ仕方ないよね」

入試の点数については言い訳しようがないからね。

「しかしこうは考えられないかねアルフレッド君！　彼女と協力すればFランクである召喚科こそ学園で最強かつ有能だと証明できるのではないかと！　そうすればスジャータと僕の子供達がこの学園に入学する頃には、えっお父さんってあの召喚科卒業したの、やっぱり僕の父さんとその妻である母さんは凄いや、ってなっているはずだと！」

「長いからアルでいいよ」

要約すると、自称魔王様の力を利用して下剋上《げこくじょう》してやろうという事らしい。ちなみにスジャータうんぬんはどうでもいい。あと長いの説明だけじゃないからね皮肉だからね、気づくかな、無理か。

「いや親から貰った立派な名前を略すのは僕個人のポリシーに反する。まぁそんな事よりも僕達で話し合った結果、彼女と良好な関係を築いてこのFランクの地位を徐々に上げていこうとなったのさ」

「良好な関係かぁ」

そういう言葉はこう、手と手を取り合う絵本みたいな関係の事を言うんじゃないかな。その上で目の前にある景色について考えると、どう見ても主人と下僕《げぼく》ですね、健全はどこにあるのかな。

「君も協力してくれるかな」

と、一通り説明を終えて満足したのかシバが笑顔で俺の肩を叩いてくれた。

協力という事はつまり、自称魔王の仲間って事で俺は恋人役をやらねばならぬというわけで。しかし今日みたいな厄介《やっかい》事が舞い込まないなら、それはそれでいいんじゃないかと考えてしまう。召喚科についてある事無い事吹聴《ふいちょう》されるぐらいなら、いっそそれぐらいやってみてはどうかと。

とまぁ無いなりの頭を捻って出てきた結論。

「ちょっと考えさせて」

保留である。何、考える時間はまだあるさ。師曰くどうせ暇らしいし。

「そうだな、すまない僕とした事が結論を急ぎすぎた……うん、明日は待ちに待った入学式だからね。今は英気を養うのが一番だ」

ここで引き下がるような男じゃない事については、彼の美徳だなと思わず頷く。ただその言葉に俺は苦笑いぐらいしかできないけど。

「英気かぁ……寮の夕食って間に合うかな」

窓の外を見ればすっかり日が沈んでおり、格安の学生寮じゃパン一切れすら残ってるかどうかも怪しい。

「ん？　腹が減っているなら僕の屋敷に来るかい？　入学祝いに父が建ててくれたものなんだけれど、広すぎる食堂に一人腰を掛けるのに辟易《へきえき》していたところでね……そうだ、いっそのこと住んでくれても構わないよ。部屋はいくらでも空いているから」

その世間話のように振られた魅力的すぎる提案に、思わず生唾を飲み込んでしまう。

けど初日からクラスメイトに甘えるってのは、なけなしのプライドが邪魔をして。

「いや流石に悪いってそれは」

断った。流石にそれは図々しい。

「そうか、今日は初登校だったから使用人達が腕によりをかけた晩餐《ばんさん》を用意しているのだが」

晩餐、という言葉で飲み込んだはずの唾が湧いてきた。そして手に持っている焼き菓子の美味しさを考えれば、シバのところの夕食はおそらく今まで食べた事もないようなご馳走《ちそう》で。

「甘い物……ある？」

気づけばそう口走っていた。好物だからって卑《いや》しいぞ、俺。

「イシュタール家の食卓にデザートの並ばない日は一度もないよ」

田舎では月に一度拝めたらいいものが毎日とは、金持ちは違うぜ。

と、格差社会に思わず思いを馳せていたら、教室の扉がガラッと開かれた。そして顔だけ出したのは、お察しの通りライラ先生。

「何だお前らまだいたのか？　ほらさっさと帰れ帰れ」

「ごめんなさーい」

もうとっくに下校の時間は過ぎていたので、俺達は素直に謝った。

でもライラ先生、どうしてそこに自称魔王がいるのに一言も言わないんですか？　生徒指導の前にやる事あるんじゃないでしょうか？　なんて聞けるわけもなく、その扉が閉められる。

と思ったらまた開いた。

「そうだ、一つ言い忘れていたが……捕まえた召喚獣の世話はちゃんと自分でしろよ。餌は特にな。

間違っても餓死なんてさせるなよ。じゃお疲れさん」

今度は開けっ放しの扉。

けれどライラ先生はもういない。なるほどね、確かに召喚獣に餌やらないとね、ヤギと違って牧草とかってわけじゃないだろうね。いくらかかるのかな仕送りで足りるかな、というかそもそも。

「ねぇ魔王様」

自称、という言葉を呑み込んで、俺は彼女に声をかける。そういえばまともに会話してないなまだ、なんて思いながら。

「……つーん」

だが返事をしてくれない。腕を組んでそっぽを向いて、返してきたのはそんな言葉。

「魔王様？」

「ぶっぶー」

ぶっぶーって、何が不正解なんだろう俺は。少し悩む、までもない。俺じゃこの答えは出てこなそうだ。素直に周りの人を頼ろう。

「シバ、何で俺あんな態度されてるの？」

「女心がわからないな君は。大切な人には親から貰った大切な名前を呼んで欲しいのさ。例えばそうスジャ」

了解わかったもういいよ。

「エルゼクス様」

「様ぁ？」

「エルゼクス」

「もう一声」

「じゃあ……エル？」

「おう、どうしたアル！」

そう呼びかければ、彼女は満面の笑みで答えてくる。その笑顔に少し絆《ほだ》されそうになったが、それよりも俺には聞きたい事が。

「失礼を承知で聞くけどさ、君って結構食べる方？」

よく見れば、シバが自称魔王……じゃなくてエルに差し出した菓子の空き箱が四つぐらい彼女の足元に転がっていた。

えーっと、確か一箱十二個入りだから四十八個？　間食が？　俺の田舎での四年分のお菓子が？

「あのなぁ、オレは竜族の中でも食が細くて有名だったんだぞ。その証拠に、どうだナイスバディだろ？　ん？」

「確かに」

腰に手を当ててポーズなんか取るエル。確かに彼女の体には、無駄な脂肪らしきものはどこにも無い。

その後ろでディアナが、何でこんなに食べてるのに……とでも言いたげな顔をしているのに気づいたが、見なかった事にしよう。

「まぁそうだな、人間の食料で言えば……一日牛二頭分ぐらいだな！」

笑顔で彼女はそう答えた。

　ああうん、ドラゴン基準ではきっとびっくりするぐらいの小食なんだろうね。えっと牛二頭ね。何キロかな。牛肉が一キロ二十クレぐらいで月々の生活費が全部合わせて三百クレでつまり俺が月に用意できる最大の牛肉は十五キロで牛一頭の体重が七キロぐらいだったらギリギリって、駄目だこれ月の計算になってる。無理だわ、牛がネズミぐらいのサイズじゃないと彼女の胃袋満たせないわ、餓死だわ。

　はい、というわけで。

「シバさん、しばらく家に泊めてください！」

　頭を即行で下げた。

　プライド？　図々しい？

　何とでも言えつい数分前の自分よ。そんなもので腹は膨れないし牛のサイズは小さくならない。

「大歓迎さマイフレンド！」

　というわけでしばらくの間、シバの家にご厄介になる事になりましたとさ。

◆◆◆

「世の中には美味《うま》い物って沢山あるんだな……」

　シバの屋敷、彼が用意してくれた部屋に入るなり俺はそんな事を呟いていた。どうやら昨日までの俺の食事は人間の食事ではなかったらしい。

　色とりどりの野菜とか、何だかよくわからないけど食欲をそそる匂いのする草まみれの肉とか、あと一生分の甘い物とか。

さーて満腹になったな部屋に戻るかなと思ったら次は風呂を勧められ、言われるがままに案内された先は、大理石みたいなもので出来たお湯の湧く池だった。

足を伸ばせる風呂が世界最大だと思っていたが、どうやら風呂は魚が棲《す》めるぐらいの広さになってからが本番らしい。まさしく住む世界が違うとはこういう事だったか。

で、部屋。何かいい匂いするし実家より広い。

実家の自分の部屋、じゃない多分これ実家全部より広い。ベッドに至ってはもうわけのわからないでかさである。

――だが果たして大きければそれでよいのか。

そんな事はない、これで見掛けだけの木の板詰め合わせみたいな硬さだったら意味がない。いや絶対そんな事はないんだけど、わざわざこんな事を考えるのは。

「……とりゃあっ！」

人生で一度やってみたかった、ベッドに全身で飛び込む通称ベッドジャンプの言い訳を考えていたからだ。

これを自宅のベッドでやれば骨折まず間違いなしの危険な競技だが、何という事でしょう。

「ふかふかだわ」

それは天使の羽のように、疲れ切った俺の全身を包み込んでくれた。

天使の羽とか見た事ないけど、せめてこれぐらいの柔らかさはないと名折れでしょ。

「そうだな、オレ達のベッドにはちょうどいいな」

聞こえてくる彼女の声、顔を上げれば毛布にくるまっている彼女。え、いたの。ベッド大きすぎて気づかなかった。

「いやその……エル？　ここで何してるの？」

「何もしてねーよ、何かするのはこれからだろ」

上半身を起こして、彼女はそんな事を言い出す。えっとですね、ベッドでこれからする事といえばね。

「授業の予習とか」

んなわけないよね、なんて思っていると彼女が俺に馬乗りになる。そしてエルは舌でその唇を濡らしてから、ゆっくりとそれを動かした。

「子作り」

「何だと」

彼女は笑う。けれど元気な笑顔じゃない、どこか妖しさと色気が漂う、男を惑わす魔性の笑顔。

ああ魔王ってそういう……じゃなくて。

「なぁアル……子供作ろうぜ」

「そんな模型作るみたいなノリで迫られても」

そう答えて怒るような彼女じゃない、ただこう目線を逸《そ》らして子供のように拗《す》ねるのだ。それがまた立っているだけで精一杯の俺の理性の横っ面を、本能が叩いたような。

「何だよ……じゃあお前は子供欲しくないのかよ。せっかくまた一緒になれたんだぞ？」

「が、学生で父親になるには早いかなって」

理性のお友達の常識くんが参戦して、一緒になって本能と戦う。

「何だよ、六百年前は毎晩子作りしてくれてたのに……まぁ結局出来なかったけど」

「あうっそ本当⁉」

何やってるんだ六百年前の大賢者アルフレッドさん、毎晩賢者じゃないですか大賢者ってそういう事じゃないですよね。

「あ、じゃ、じゃあその……子作りの練習的な感じで良ければ」

今すぐにでも膝を折りたい理性が、情けない一言を俺に言わせる。

そう、これは練習だ練習的なものだから理性的にはセーフなんだと本能が言わせてくる。

「おいおい子作りに練習も本番もあるかよ」

「あるよ！　本番はあるよ！」

そこは結構違うと思うよなんて付け加えようにも遅すぎる。

彼女は俺の手首を掴んで、息がかかるぐらい顔を近づけて。

「よしわかった、じゃあアル……とりあえず今日は本番しようぜ」

彼女の言葉に頭が痺《しび》れる。とりあえずの意味がわからない。教えてくれよ理性さん、常識さんはもういないけど、何でだよどうして倒れてるんだ理性さん、立て、立ってくれないと困るんだよ！

「いきなり本番は」

――あ、別のところ勃《た》った。

「しちゃうか」

さらば理性。君の事はもう忘れた。

「じゃ、じゃあエルその、よろしくお願いします」

「おいおい何緊張してんだよ、オレとお前の仲だろ？」

しどろもどろになる俺の頬を、エルの指先がそっとなぞる。

その毛布に包《くる》まった彼女の肌の色が、声が、息が心臓を鳴らし続ける。

本当に、今日は色々あったけど。ひどい目に沢山あったなんて思っていたけど。

――けど、いいよね。これぐらいの役得あってさ。

「じゃ、おやすみ」

「えっ」

彼女は毛布を肩までかけると、俺の横で寝ころんだ。

「スヤァッ」

「あ、ちょちょちょっとエル？　何で寝てるの？」

ねぇその音どうやって出したの、鼻提灯《ちょうちん》って一秒未満で出せるものなのと一緒に聞いてみたかったが、肩を揺さぶられた彼女は不機嫌そうに眼を開けて口を尖らせるだけだった。

「何だよアルうるさいなぁ……お前本当に色々忘れてんのな」

盛大なため息をついて、彼女がごろんと背中を向ける。

「子供ってのは夫婦で一緒に寝てたらコウノトリが運んでくれるに決まってるだろ……明日の朝が楽しみだなムニャムニャ」

「あ、へえっ、ふーんそれは知らなかったなー」

何が大賢者だ死ねよもう。下手か、性教育ど下手か。

「あー……」

一人天井を見つめながら声を漏らす。何て情けないんだ自分はと思いながらも、不思議と涙は出なかった。代わりにライラ先生に言われた言葉の意味を、頭ではなく心で知った。

「なるほどね、これが思春期か」

◆◆◆

翌朝俺達は、校舎から少し離れた所にあるフェルバン円形闘技場の前で行儀良く並んでいた。

随分血生臭そうな施設だが、これも当然学園の設備の一つ。

かつては学生同士の決闘なんかで使われていたらしいが、専《もっぱ》ら最近の使い道は。

『それでは新入生の皆さん……入学式の準備が整いました。名前を呼ばれた学科から、速《すみ》やかに入場してください』

入学式とか卒業式とか終業式とか、まぁ全校生徒を都合良く集めるための場所として利用されている。

で、今日は俺達の入学式。血を見る事は多分ないだろう。

『攻性科の生徒は入場してください……続いて治癒科』

響き渡る拡声器の音に従って、歩き始める攻性科の生徒達。拡声器って田舎には無かったなそういえば、増強魔法を使った道具の一種だっけ？

と、すぐにその音は掻き消される。

代わりに響くのは金管楽器と太鼓の音色、在校生達の歓声。少なくとも新入生を歓迎しようという文化は、この学園に根付いているらしい。

「聞きたまえアルフレッド君、この歓声とファンファーレを！　まるで僕らの薔薇色の学園生活を祝福してくれているようじゃないか！」

「シバくんは凄いですね、わたしなんか眩暈《めまい》してきちゃいましたよ……」

「くっくっく、彼らはまだ知らぬであろうな、この音が阿鼻叫喚《あびきょうかん》に変わる終末の日がそう遠くはない事を！」

テンションの高い二人と、青白い顔を浮かべる一人。ちなみにもう一人は寝てる。

『続いて錬金科……続いて増強科』

「さぁみんな、ライラ先生から貰ったケージに召喚獣は入れたかね！」

進むアナウンスに、ケージを高く掲げるシバ。

今朝ライラ先生がくれたそれの中には、各々の召喚獣が入れられている。

「召喚科もやればできるぞってアピールらしいですけど……どうしてケージに入れなきゃならないんですかね？」

本来召喚獣は入学式に連れてくるものではないらしいが、先生の命令で俺達はそうしていた。

ようは少しでも召喚科が舐《な》められないための対策だそうだ。お、今年の召喚科はもう召喚獣捕まえてるのか少しはマシになったのか、と思わせるための作戦。

なるほどオリエンテーションだかでいきなり森に連れていかれたのはこういう意図があったのか、一応考えてるんだなあの人も。ま、それはそれとして。

「ごめんディァアナ、多分俺のせい」

先生が用意してくれた竹製のケージはカゴのように編まれており、外から中身が見えないようになっている。まぁ流石にドラゴンをおいそれと人目にさらすのはね。かといって俺だけこれを使うのも不自然だ。

『続いて凋落科』

「魔王様、お元気ですかー？」

「まだ寝てるんだよなこれが」

ディァアナが俺の持っているケージに手を振ってそんな事を聞いてきたが、聞こえてくるのはエルの寝息だけ。

ちなみに彼女は初めて会った時のように小さなドラゴンへと変わっている。何か朝になったら変わっていたので、原理とかはよく知らない。

「そういえば君達彼らに……召喚獣に名前は付けたかな？　僕は昨日一晩中考えてみたんだがなかなか思いつかなくて」

髪を掻き上げながらシバがそんな事を聞けば、みんなうんうんと頷いた。

「我もだ。まだ魂の共鳴が足りぬらしく、ソウルネームを呼び出す事に失敗してな」

どうやら命名には各々苦労しているらしい。そう考えると俺は楽だったのかな、なんて思う。

『続いて召喚科』

と、ここでアナウンスが俺達の順番を教えてくれた。背筋を伸ばしてあくびを漏らし、その足を前へと動かす。

「さあて、行きますか」

少なくともシバの言う、薔薇色の学園生活が待っていない事を何となく察しながらだけど。

意外にも俺達召喚科に対するブーイングや罵詈雑言《ばりぞうごん》が聞こえてくる事はなかった。ただ先程まで鳴り響いていたファンファーレは聞こえず、撒かれていたのだろう紙吹雪はもう降り注いだ後だった。

無音。そのくせ闘技場の観客席に座る在校生達の目線が不快にまとわり付いてきた。

「これはまた……大歓迎だね」

「お腹痛くなってきました」

「くっくっく、我の持つ底無しの魔力にどうやら怖《お》じ気づいているようだな」

肩を竦め苦笑いを浮かべるシバにもっと顔を青くするディアナ、一人笑っているエミリーと寝ながら歩いているファリン。

「こういう時だけは、ファリンを見習った方がよさそうだね」

そう言えば少しディアナの顔が綻《ほころ》ぶ。今度寝ながら歩く方法教えてもらおうかな。

『えーそれでは新入生の皆様に対しまして、学園長による挨拶がございます』

と、俺達が所定の位置につくなりまた拡声器から声が流れる。少しあたりを見回せば、どうやら声の主はステージ横に立っている眼鏡をかけた事務員っぽい女性のようだ。

「やっぱり長いのかなこういうの」

学園長による挨拶、という言葉にそう思わせる魔力があるのは何故だろうか。

「お姉ちゃんは学園長の挨拶は世界一だって自慢していましたけど」

「それ自慢する話？」

苦笑いするディアナに、苦笑いを返す俺。そりゃそうだよね、年長者の挨拶が短いわけないよね。

『それでは学園長、ご登壇ください』

そして登壇する学園長。

……いや、うん。今ステージ脇の階段から現れたのって、年寄りどころか人間じゃないよね。

「犬だ」

そう、犬だ。大きさ的に子犬だよね。シェパードって種類だったかな？　どこの迷子かなとざわつく新入生だったが、教師陣や在校生は特に顔色一つ変えない。

『それでは学園長、どうぞ』

「ワンッ！」

吠えた。それだけ。そして壇上を去る学園長。響き渡る拍手喝采《かっさい》。え、終わり？

『これにより学園長の挨拶を終了いたします』

終わりらしい。うん確かに世界一短い。

『えーそれでは続きまして、新入生代表による宣誓でございます。それでは攻性科ローレシア・フェニルさんご登壇ください……ローレシアさん？』

「どっかで聞いた事ある名前だなぁ」

それにしても代表の人全然来ないな。お腹でも痛いのかな。

「フェニル家は名門ですからね。代々攻性科の家系らしいですよ」

「へー、凄い人もいるんだね」

一度見てみたいな、ってこれから見れるのか。

なんて思っていたらクロード先生が額に汗を浮かべながら司会の人へと駆け寄った。

『えっ、クロード先生……えっ、ローレシアさん今日お休みなんですか？　では二位の子……もお休み？　えっと、どうしましょうどうしましょう……』

凄い偶然もあるもんだ学年首席と次席が入学式を欠席なんて、風邪でも流行ってるのかな。

『じゃ、じゃあえっと新入生挨拶は無しに……あっはい副理事長、それは駄目ですねごめんなさい。えっと、どなたか挨拶したい人いますかーなんて』

ざわつく全校生徒。そりゃ挨拶したい人はいるだろうけど、ここで募《つの》っていいものじゃないだろうに。

「よしでは僕がスジャータへの愛を」

ほら俺の隣の奴とか鼻息荒くして。

「面接2点は黙ってろ」

と、いきなり現れたライラ先生がシバの頭を思い切り押さえつける。

「先生どうしたんですか？」

「せんせ～いどうしたんですか～？　じゃないだろうこの馬鹿野郎。誰のせいで新入生代表挨拶ができないと思ってるんだ？」

「あっ」

どこかで聞き覚えある名前だと思ったら、昨日俺に突っかかってきた攻性科の人達か。クロード先生がちらっと言ってたけど、何か色々ありすぎてすっかり忘れてた。

「あっ、じゃないだろお前ちょっと行って感謝状読んでこい。そしたら一応丸く収まる」

「まだ一行も書いてません」

「適当でいいんだよ、適当で。攻性科のエリート様に助けられましたきゃー素敵！　とか頭の悪い事言ってこい。得意だろ」

「いやでも」

先生は口答えする俺の襟《えり》を掴んで立たせると、そのまま小声で耳打ちする。

「後で三年間の単位全部やる」

「行きます！」

◆◆◆

集まる全校生徒の視線に緊張を感じながらも、不思議と自分の口は滑らかに動いてくれた。

「あーえーっと、皆さん誰だよお前って顔してますけれど、はじめまして召喚科のアルフレッド・エバンスです」

——空気がざわつく。

特に召喚科という単語がいけなかったのだろう。けれど先生の意図を察していた俺は無駄に神経を磨《す》り減らす事はない。

「実は昨日、オリエンテーションで森に行ったのですが、その際攻性科の方々に助けてもらいました。ロ、ロ、ローレンニャントカさんが本日いないのは、その時に負った怪我の治療に専念するためです」

　そう、俺の目的はあくまで攻性科に助けられたと全校生徒に伝える事。その証拠に俺がこう言った途端、方々から安堵のため息が聞こえてきた。やっぱりとか何だとか、攻性科は流石だなとか。これで全て丸く収まる。

「えーっと、その、ありがとうございました。おかげさまで僕達は元気で、捕まえた召喚獣も元気です」

　そう言って、手に持ったケージを掲げて見せれば、まばらに拍手。これで良いんだと言い聞かせる。そうだ何も問題は無い、俺は単位も貰えるし攻性科の顔に泥も塗られない。何も不満なんて無い、誰も困る事は無い。

　――けれど、ほんの少しだけ。

　人を見て指さし笑う連中の鼻を明かせたら気分が良いと思ってしまう。それこそ昨日シバが言ったように、見返してやれたらなんて。

「おいアル、何だここ！」

「あ、エル」

　その瞬間、会場全体が静かになった事に気づいた。

　俺とは似ても似つかない、低いけどよく通る彼女の声に誰もが首を傾《かし》げていた。

「なあ、あいつの召喚獣……今喋らなかったか？」

　冷静に考えれば、それは異常事態だった。喋る召喚獣がこの世界にいないわけじゃない。ただそれはごく少数で、一部の魔法使いが従えてるドラゴンのような規格外だけ。

けれど、けれどだ。

ライラ先生がくれたケージが中を遮ってくれるおかげで、他の生徒達からエルがドラゴンだと気づかれる事はない。つまり今、こいつを自慢してやれば少しぐらい良い気分に浸れるんじゃないか。

「えーっと、俺の召喚獣はヤモリなんですけど喋れるんですよね、凄いでしょ」

——会場が沸く。

ほら聞こえてきたぞ、あいつ実は凄いんじゃねとか今年の召喚科はひと味違うぞなんてあちこちから。よし、じゃあエルに簡単な自己紹介でもしてもらって席に戻ろうかな。

「じゃあエル、自己紹介でもして……」

「それよりどうなった昨日のお前との子作りの結果は！　出来てたか子供、出来てたか！」

——会場が凍る。

ほら聞こえてきたぞ、あいつ変態なんじゃねとか今年の召喚科はひと味違うぞなんてあちこちから。よし、じゃあエルの口を塞《ふさ》いで帰ろうかな。

「エル、とりあえず黙っててくれるかな」

「誤解も何も昨日しただろ子作り！　朝までじっくりしただろ！」

広がり続ける誤解。

「召喚獣と子作りだって!?」

「犬とか猫ならまぁ物理的に」

「でもアイツの召喚獣、ヤモリって言ってたぞ？」

増え続ける悪評。

「凄い勢いで誤解されてるから黙ってくれないかな!?」

「オレは子作りの結果聞いてんだよ、どうなった早く教えろ！」

「それ言ったら大人しくなるんだな！」

「当たり前だろ早く言え！」

——深呼吸して少し落ち着く。

そうだ、ここで何もなかったよなんて言ってしまえば、またまたご冗談をみたいな空気になる事だってありうるじゃないか。

落ち着いて考えろ俺、そうだこの全ての誤解を解くためには何て言えば良いか考えるんだ。そして閃《ひらめ》く、コウノトリ。そうだエルは子供はコウノトリが運んでくると考えているのだから、それを全校生徒にわかってもらうのが一番じゃないか。だから俺が言うべき答えは。

「あ、その……来てなかったよ」

俺はそう呟いた。にっこりと笑顔で、彼女にそう答えてやったんだ。するとどうだろう、今度は全校生徒が一斉に声を揃えて。

「生理が!?」

なんて言いやがった。ヤモリに生理なんてあるわけねーだろ、あ、ライラ先生鬼の形相ですね、俺の首根っこ掴んでますね。はいタイムアップですね。

「よくやったなアルフレッド、とりあえず行くか」

「はい」

ところでそのよくやったってどっちの意味なんですかね。

『あ、あわわわわそれでは新入生挨拶を終わり、終わりです、はいっはいっ次はですね、斉唱！　校歌斉唱です！』

再び鳴り響くファンファーレ。

先生に引き摺《ず》られる俺に、全校生徒が汚物か勇者を見るような目を向けてくる。何だその二択。

「ハンカチ持ってるか」

「大丈夫です、入学式なんで持ってきてます」

「そうか、準備がいいな。今日は必要になるかもしれないからな」

涙を拭うために持ってきたんですけどね、今日はこの白いハンカチに赤い模様がつきそうですね。

「二日連続か……」

そして校歌が流れ始める。そういえばどんな歌なんだろう、入学案内に書いてあったかな。

まぁでもいいか、俺は今日はこの校歌を特等席で聞けるのだから。

生徒指導室という、俺だけの特等席で。

第三話　大空を翔《かけ》る白き翼

「で何？　お前の召喚獣、いい年こいてコウノトリとか信じてんの？　自称六百歳超えてんだろ」

生徒指導室で椅子を揺らしてタバコをふかしながら、ライラ先生はそんな言葉を口にした。殴られるのかな、と思ったが流石にそんな事はなかったようだ。

「いや本当、どうしようかなって」

「どうもこうも、図鑑でも渡せば済む話だろ。図書室に行けばそんな本腐るほどあるぞ」

「素直に読んでくれると思います？」

「知らんがな」

そこで会話は途切れる。

今回は説教というよりは単なる人生相談のように思えなくもない。それはまるで性に興味を持ち始めた子供に何て説明すればいいのかと相談する父親のようで。いやでもこういう時はプロっていうか教えるのがうまい人がやればいいっていうか。

何だいるじゃないか、目の前に。

「あ、そうだ先生……暇な時でいいんであいつに」

そう、教師。何て事はないすぐそばに人に言い聞かせるプロがいるじゃないか。

「す、すいませんディアナ・ハーベシュトですっ！　あのそのさっきのアルくんのお話は誤解だから生徒指導室にいるのはおかしいかなって、その、こう、ここ抗議しに来ました！」

「性教育してくださいよ、先生！　……あっ」

扉を開けたのはディアナ、俺は先生に頭を下げているところ。

ちなみにお願いしているのは、とても最低なものであって。

「アルくんの……馬鹿っ！」

ディアナの召喚獣が飛び出して、俺の顔面を蹴り飛ばす。

二度、三度に吹き出る鼻血。

……どうやらハンカチを持ってきたのは間違いじゃなかったようだ。


「痛《い》ってぇー……」

腫《は》れた顔面を校舎のガラスで確認し、傷口をハンカチで軽くなぞる。

自分の間の悪さを呪いながら、俺は深いため息をついた。実質入学初日の今日までに二回も生徒指導室に放り込まれたのだ、それぐらい良いだろう。

しかしまぁ、改めて自分の顔をまじまじと見つめてみる。どこにでもある普通の顔で、特徴らしい特徴はどこにも無い。そんな平凡な自分に降り掛かったのは、大賢者だとか魔王だとかドラゴンだとか性教育だとかの無理難題。

何かこう自分が思い描いたはずの学園生活は、随分遠くに行ってしまったような。

――ワンワン。

と、足元から聞こえてくる鳴き声に気づいた。視線を下ろせばそこには、白い子犬が尻尾を振っていた。

「あ、学園長……でしたっけ。入学式お疲れ様でした？」

疑問形でそう尋ねれば、帰ってきたのはワンという返事だけ。こんな接し方で良いのだろうかと、少し不安になる自分がいた。

だってまぁ、子犬だし。

と、ここで学園長が俺のズボンの裾を甘噛《あまが》みしてきた。どこか引っ張るようなそんな感触。軽くそれを手で払えば、学園長はてくてくと歩いてからこちらを振り返ってきた。

——へっへっへ。

小気味の良い呼吸の音が、規則的に揺れる尻尾によく似合う。二歩三歩近づけば、そのまま前に進んでいく。

「えーっと、付いてこい的な？」

ワン。威勢のいい鳴き声に従って俺はゆっくりと歩き出す。行き着く先で待っているのが、説教じゃない事を祈りながら。


学園長に従うまま、到着したのは中庭にある大きな木。少し汚れた木の立て札には、こんな事が書いてある。

『思索の大樹……大賢者アルフレッドが木陰で魔法の研究をした事からその名前が付けられた』

うーんそのまんま。しかしまぁこんなでかい木の下で魔法の研究なんて、やはり俺は大賢者アルフレッドとは無関係だと確信する。

——何故って、こんな木漏れ日の下でやる事といえば昼寝以外に思いつかないからだ。

よく晴れた草原の中、ぽつんと立った一本の巨木。

羊達が草を食《は》み、自分は木陰に横たわる。葉のすれる音を聞きながら、頬に風を感じながら。

傍《かたわ》らにいる相棒の頭を、二、三度撫でて目を瞑《つむ》る。

ワン。鳴き声で現実に帰ってくる。

「あ、すいません学園長……少しぼーっとしてました」

疲れてるな、それもかなり。

昼寝をするならまだしも、昼寝の妄想をするとはいよいよじゃないか。

まあ色々あったから、今日は早めに床に就こう。

「ところで学園長、それ何ですか？」

それ。学園長が口にくわえているのは、汚れた星型のペンダント。嬉しそうに突き出してきたそれを、俺は受け取ってみた。

「入学祝いですか？」

若干皮肉っぽく聞いてみるが、学園長は何も答えない。ハンカチで軽く汚れを拭ってから、それを首にかけてみる。

「似合います？」

ワン。はいともいいえとも取れないそれが耳の奥によく響く。

——瞬間。何かが弾けたような気がした。

それは不思議な感覚だった。けれど、襲ったのはただ感覚だけだった。空間でも時間でもないそれが、ただそこにあった何かが、消えて無くなったような不思議な感覚。

手を動かしても違和感は無く、首元のペンダントを触っても――無い。消えていた。気がつけば学園長の姿はどこにも無い。

どうやら本当に疲れているらしい。生まれてこの方、幻覚なんて見た事なかったというのに。

「やぁアルフレッド君……ってどうしたんだい、馬に蹴り飛ばされたような顔して」

俺の肩を叩くシバ。傷だらけの俺の表情を見て思い切り眉をひそめる。

「ああシバ、これはまぁその通りだよ」

馬というか子馬なのかなディアナの召喚獣って。

「人の恋路の邪魔でもしたのかい？」

「恋っていうか愛的なものの誤解を解こうとしたんだけど……それよりもそろそろ授業だった？」

と、ここで少し考える。どうして彼が中庭にいたのかという当然の疑問についてだ。

「いや、それが急遽《きゅうきょ》午後からは女子だけ保健体育の授業になってね。男子は外で鬼ごっこでもしてろって事で君を探していたら……君を見つけてね」

なるほど、って仕事早いねライラ先生。暇になったらで良いと言ったのに。今日入学初日だぞ。

「で、どっちが最初に鬼やろうか」

「いや本当にそういう意味じゃないと思う……好きにして良いんじゃないかな俺達は」

こう、その場で小走りなんてしてしまうシバにため息を返す。まさか本当にライラ先生が俺達に鬼ごっこをさせたいわけじゃないだろう。

「ふむ……なら少し手伝ってもらってもいいかな？」

「何を？」

「昨日言った僕ら召喚科の地位向上につながる名案を思いついてね、それを試してみたかったんだ」

そういえばそんな事言ってたっけな。

「まあ、鬼ごっこよりは建設的そうだね」

それにまぁ、召喚科の地位という話をするなら俺にも責任はあるだろう。

……少し。いや、かなり。

今は黙っておこうかな、うん。

「ところでシバ、変な事を聞くようだけど……学園長見なかった？」

頭を掻きながら、ゆっくりと校舎へ歩いていくシバに尋ねる。

「入学式以来見てないが、何か用事でも？」

「いや、良いんだ」

多分気のせいだったからと、言いかけてやめた自分がいた。どうせ今しがたの光景なんて、疲労が見せた白昼夢でしかないのだから。

それでも、何故か。

頬を撫でた風の感触だけは、妙に皮膚に残っていた。

◆◆◆

「で、シバ」

――召喚科の地位向上につながる名案。

どうしてそれを俺は信じてしまったのだろう？

「何だい？」

自信満々の良い笑顔で、シバが俺に聞き返す。

「これがその……名案なのかな」

「もちろんだとも！」

冷静に考えて、召喚科が馬鹿にされるのは単純に馬鹿だからだ。

つまるところシバの考えた名案は、馬鹿が考えた名案であり。

「そうかなぁ」

俺は首から箱をぶら下げる。ポストのように切り込みがあり、紙切れが入れられるようになっている。ちなみにこの箱に書いてある文字は『貴方《あなた》のお願い叶えます　召喚科』だ。

シバは紙切れと鉛筆を持って、道行く生徒に声をかける。今が休み時間という事もあり人がいないわけではないが、これが名案だと思わない。

その証拠にほら。

「見てあれ、今朝挨拶した召喚科の……」

「ヤモリと子作りしてるんでしょ？　最低よね」

当然のように指される後ろ指。はいそうです召喚科の悪評を上書きしたのは俺です。そんな震える俺の肩をマイ・フレンドが軽く叩く。

「気にしてはいけないよアルフレッド君……そう、彼らはまだ知らないんだ」

笑顔で彼は首を横に振る。

そうか今の俺にはこうやって、わかってくれる仲間がいるんだ。

「愛の形は人それぞれだってね！」

いなかった。

「シバも誤解してるよね？」

シバは答えない。代わりに道行く生徒がヘラヘラ笑いながら、シバから紙切れを受け取って適当な文字を書いて箱に突っ込む。

「お、早速初依頼のようだね……ありがとう！」

能天気に手を振るシバだが、俺はそう素直に受け取れなかった。

そりゃそうだろ、学校一の笑い者がアホ面下げて、お願い叶えますなんて悪い冗談。

だから俺はそっと箱を開け、シバよりも早くその中身を確認した。

『死ねFランの馬鹿ども』

まぁこんなものだよね。ポケットにしまいその紙片を握り潰す。

「で、アルフレッド君どんな依頼だい!?」

「あー、間違えて入れたみたい」

残念そうに首を捻るシバ。少しは疑問に持つんじゃないかと思ったが、それ以上追及してくるような男ではなかった。

本当、こいつがクラスメイトだってのはここ最近で一番の幸運だろう。成り行きで住まわせてもらってるしさ。いつかちゃんとお礼を言わなきゃな。

なんて思っていると次は女子。今度はそっけなくシバから紙と鉛筆を奪い、さっと書いて突っ込む。

「お、次こそは！」

勇んで開けようとするシバだったが、箱を持っている俺に速さで敵《かな》うはずもなく。俺は片手でそれを少し開き、その中身を確認した。

『変態は学園に要らない』

まぁ予想の範囲内。こいつもポケットにしまわないとな。

「んー入れ間違いみたいだな」

と、今度は長い前髪をきざったらしく揺らした男子生徒。ナルシストという言葉がよく似合いそうな彼は、髪を掻き上げてからシバから紙切れを受け取りサラサラと文字を書き入れる。そして俺の持つ箱に投函すれば、去り際にウィンク一つ。

「お、また来たじゃないか。どうだいマイフレンド！」

「ちょっと待ってね」

急いで開く。嫌な予感しかしないからね。

『ヤモリとの恋応援してます！　実は僕もペットのカメレオンと』

「ガチな人来たし！」

急いで破る。続きは読まない、読めなくていい。そんな人生知りたくなかった。

「おいおいアルフレッド君、そろそろ僕にも見せてくれても良いだろう？」

流石にまだ一枚も見れていない事に気づいたのか、少しだけ口を尖らせてそんな事を言う。

「うーんでも……がっかりすると思うよ？」

「まぁその時は、一緒にがっかりしようじゃないか」

肩を竦ませて、諦めたようにシバが笑う。確かにそうだね、要らない気の使い方をしていたようだ。

「あのっ……すみませんっ」

なんて事を考えていると、今度は一人の女子生徒に声をかけられる。

小柄でショートカットだけど、前髪が目が隠れるぐらい長く伸びている。リボンの色から察するに二年生だろうか。

「えーっと」

「我々は召喚科の地位向上を図るべく活動しておりまして……いかがですか先輩？　この言葉に偽りはありませんよ」

俺が言葉を詰まらせている間に、シバが代わりに満面の笑みで説明してくれる。

「あっ、その、じゃあ」

先輩はそこまで言いかけて、周囲をあたふたと見回し始めた。まぁ人目のある廊下じゃ頼みづらい事もあるだろう。

「人目が気になるなら、適当な場所でお話しましょうか？」

シバの提案に先輩が頷く。というわけで少し離れた所にあった、空き教室へと移動する。これで人目は避けられるだろうが、何というか絵面《えづら》悪いよね。怯《おび》える女子生徒にFランの男子二人。

……まぁ気にしないでおこう。

「それで、僕達に依頼したい事とは、その……お名前をお伺いしても？」

「あ、二年増強科のリタ・アンバーです」

小さく頭を下げながら、消え入りそうな声で自己紹介をしてくれた。

「えーっと俺の名前はアルフレッドで、こっちがシバです。それでリタ先輩、俺達に頼みたい事って？」

「えっと……その、自分でも無理なお願いってわかってるんです、けどっ」

少し余ったローブの裾をぎゅっと掴むリタ先輩。

緊張しているのだろう、俺達に声をかける事だって辛かったはずだ。ここは気の利いた言葉の一つでもかけるべきだろう。

「まぁ駄目元で言ってみてはどうですか、先輩？　頼むだけならタダですし」

「アルフレッド君、それを自分達で言うのはどうかな」

「まぁ実績無いから」

そこで言葉を詰まらせるシバ。そして表情を曇らせる先輩。場を和ませるために言ってみたんだけど逆効果だったみたいだ。

「実はその……ある物を探して欲しくって」

「落とし物ですか？」

会話を始めるシバとリタ先輩。俺はうん、黙ってよう。

「いえ、そうじゃなくて……私、そのっ、こんな性格で……一年経ってもまだ友達が一人もいないんです」

「何を言いますか！　僕達はもう友達ではありませんかっ！」

両手を伸ばすシバ。違って、俺も入ってるけど、先輩めっちゃ怯えてるよね。

「えっと、友達が一人もいないんですけど」

言い直された。はい、俺達友達じゃないそうです。シバが何か泣きそうだけどまぁいいか。

「その、こんな自分を変えたいんです！　だから、だから私……叡智《えいち》の欠片《かけら》が欲しいんです！　あれさえあれば、私だって……！」

か弱い声を振り絞り、彼女がそんな願いを口にした。と、ここで始業を知らせる鐘が鳴り響く。時間切れらしい。

「あ、その……ごめんなさい、私授業が」

そう言い残してリタ先輩は空き教室を後にする。残された俺はぽかんと口を開け、シバはやれやれと肩を竦める。これ、別に箱要らなかったんじゃない？　とか言ってはいけない。

「これはまた随分と詩的なものを探しているようだね」

「シバ知ってる？」

「いや全く、見当もつかないね」

ですよね俺も聞いた事ないもん。

「でもまぁ魔法的な道具じゃないの？　じゃなかったら人に頼まないと思うんだけど」

「確かに」

わざわざ人に頼むぐらいだから簡単に探せない物なんだろう。それか男子しか探せないとか？　一年生限定の道具？　うーむできるのはせめて推測ぐらい。まぁそれなら。

「先生に聞いた方が早そうだね」

俺の提案にシバが頷いてくれる。まぁライラ先生なら何か教えてくれるだろう。

◆◆◆

というわけで懐かしき自分の教室の扉を開ける。

勢いよく開ける。

「すいません先生！　『叡智の欠片』って何でしょうか」

教室に残っている女子生徒達が、一斉に俺を睨《にら》む。

――もう、凄い睨んでくる。

ちなみに女子達は真面目にノートを取っており、心配しかなかったはずのエルでさえそうしている。

「そうだなぁ」

ため息をつく先生。ちなみに黒板にはこう男と女の具体的な違いが絵でわかりやすく書かれており、あとは何か仕方的なね。

コウノトリじゃない奴ね。

「女子の保健の授業中に」

チョークを掴む先生に、ノートや筆記用具を構える生徒達。ちなみにエルなんかは炎の槍なんか構えている。もしかしてその標的って決して俺じゃないですよね？

「ノックもしないで扉を開けるお前には……一生縁の無い物だろうなぁ！」

はい、俺でした。飛んでくる無数のチョークにノートにペンに炎の槍。一つだけ殺意が段違いだが何とか避ける。まぁ尻もちついてるだけなんだけど。

「ごめんなさいっ！」

謝罪の言葉を叫びながら、足で教室の扉を閉める。何とかため息を一つ漏らせば、シバが俺を見下ろして肩を竦める。

「今のは君のせいだな、うん。淑女の部屋にノックをしなくていいのは夜だけだと言うからね」

「その格言、できればもう少し前に聞きたかったな」

保健の授業だって忘れてた俺も悪いんだろうけどさ。

と、二回目のため息をつこうとすれば、小走りで駆けてくる白い影。それは俺の顔を見るなり、元気よく挨拶をしてくれた。

「ワン！　ワンワンッ！」

「あ、学園長」

本日二度目、いや三度目か、入学式を入れれば。やる事無いし暇なんだろうな、多分。

「これはこれは学園長、先程の挨拶はとても素晴らしかったです。ぜひあなたの仰《おっしゃ》るようなこの学園にふさわしい生徒でありたいものです」

「シバのそういうところ凄いと思うよ」

深々と頭を下げて謝辞を述べるシバに思わず素直な感想が漏れる。よく子犬に畏《かしこ》まれるよね本当。

「ところで学園長、僕達叡智の欠片なるものを探しているのですが……」

シバが続けてそう言えば、学園長はそっぽを向いた。そして少し歩いてから、こっちを振り返り尻尾を振る。

「付いてこいって事かな」

「俺の経験ではそうだったよ」

俺はゆっくりと立ち上がり、埃を払って付いていく。

「流石は学園長、何でも知っているね」

「まぁ俺の疑問には答えてくれなさそうだけどね」

感心するシバの言葉に、つい口を挟んでしまう。

「ん？」

「いやこっちの話」

聞き返してくるシバに、今度は俺が肩を竦める番だった。

どうせ今俺達ができるのは、この胡散《うさん》臭い子犬の後を追いかけるぐらいしかないのだから。


「なるほどここに叡智の欠片が」

ネクタイを正し、微笑みながらシバが言う。そう、この学園長がやたらと吠える先に叡智の欠片があるかもしれない。かもしれないのかな、いや無いと思うんだよなぁ。

「落ち着こうシバ、そこは女子更衣室だ」

扉にかけられた表札には、女子更衣室と思い切り書いてある。これから運動でもするのだろう、女子生徒達がキャッキャと騒ぐ声が漏れる。

「でもアルフレッド君、学園長が入りたがってるじゃないか」

そして学園長はドアノブに何度もジャンプしながら吠えている。

それはまさしく盛りのついた犬のよう、っていうか犬。スケベ犬。

「どうしてその犬がただのスケベだという可能性を捨てたの？」

というかその可能性が殆どだと思うんだけど。

「よしっ、それでは」

うん、とりあえず俺の言葉を聞いて欲しい。

「待ってくれシバ」

と、そこで一応シバの手が止まってくれた。よかった、聞く耳はまだ持っていたみたいだ。よし、ここからが大事だぞ俺。おそらく開けるな、という言葉は聞き入れられないだろう。だから俺が頼むべきは、もっと基本的な事であり。

「……ノックは？　ほら淑女がどうって」

彼が先程口にした、己自身の矜持《きょうじ》について。

「おいおい、冗談はよしてくれないかアルフレッド君」

そして彼は微笑んだ。

よかった、これでノックして返事してきゃー男子よ開けないでってなる。なってくれるはず。そうなってくれれば良いんだけどさ。

「僕にとっての淑女は……スジャータだけさ」

前歯を光らせながら、シバがその扉を開く。いやうん、その心意気はね？　立派だと思うんだけどね？　それはこう、一生彼女しか愛さない的な意味合いだと思うんだけど、ちょっと状況を考えるとね。

「いや女子更衣室開けながら言う言葉じゃないだろ！」

だがもう遅かった。開かれた扉の先に突撃する学園長とシバ。

そして数秒後、大量の物やら魔法やらが扉の中から飛んできた。まぁ当然ですよね、いきなり女子更衣室に入ってきたらね。

「どうやら叡智の欠片はここには無かったようだね」

顔面を腫らしてシバがそんな事を言う。無かったようだね、ってよく言えるな。

「本当お前凄いよ、尊敬する」

なんてやり取りをしている間にトコトコと歩き出す学園長。

「おっと学園長が次の場所に……」

目線でその姿を追う。今度は特に俺達を振り返らず、ちょっと進んだだけで立ち止まった。

「着いたようだね……女子トイレの前に」

何か更衣室より難易度上がってない？

「ようし、早速」

「待てっ！」

立ち上がって進もうとするシバの肩を俺は強く掴んだ。

「今度はその……俺が開けるよ」

流石に二回連続でシバに開けさせるわけにはいかない。というわけで俺は学園長の横に立ち、トイレの前で深呼吸。と、俺の靴に学園長が前足をポンと乗せる。

満面の笑みで舌を出してくれるのはいいのだが。

「学園長、何か同類見つけたみたいな顔してません？　違いますからね」

まだ女子更衣室の方が単なるスケべっぽいよなとか思いながら、震える手で女子トイレをノックする。どうせこんな場所に叡智の欠片なんて無いだろうが、ノックをしていいなら話は別だ。

そう、返事は無い。

つまりこの女子トイレは無人だ。もう一度深呼吸をして高鳴る心臓を落ち着かせる。いや別に興奮しているわけじゃないです、緊張しているだけっていうか。

「お、おじゃましまーす……」

誰に言うでもない言い訳を頭の外に追いやって、ゆっくりと扉を開ける。あ、いた。

「あっ」

聞こえてくるおっさんの声。どう見ても禿《は》げたおっさんが学生のローブを着て女子トイレをウロウロとしていた。

「ひっ」

悲鳴を漏らし思わず扉を閉じてしまう。

いや、多分掃除のおじさんだろういやでも掃除のおじさんがどうして学生服を着ていたのだろうか。それに手には清掃用具の類を持っていなかったんじゃないだろうか。落ち着け、落ち着くんだ俺。このままだと女子トイレの前でハァハァ息を切らしているだけの変態だぞ。

「どうだいアルフレッド君、中の様子は」

「先客がいた」

「トイレだからね、そういう事もあるだろうさ」

「いやそういうのじゃなくて」

深く息を吸い込んでから、細くゆっくりと吐き出していく。

能天気なシバとの会話のおかげで、少しは冷や汗が引いてくれる。

「もう一回開けとくか」

発見してしまった以上、通報するのが一番だろう。けれどせめてもう一度、その目でおっさんの姿を確かめようとした瞬間。

「待ちたまえそこの二人！　女子トイレの前で……何をしている！」

聞こえてきた随分と偉そうな声に注意されてしまったのだ。

◆◆◆

「えっと……どちら様でしょうか」

偉そうな声の持ち主は、青のネクタイから察するに二年生の男子だった。

細身長身で少し金色がかった髪を逆立て、クイッと直したメガネをキランと光らせたりしている。

「フン、何やら新入生が変な事をしていると聞き校内を探してみれば……今朝我が校の歴史に泥を塗った召喚科だったとはな。全くフェルバン魔法学園の品位も地に落ちたものだ」

堅苦しい長台詞に耳が痛くなる。何せ今指摘された事は全て事実でしかないからだ。

しかしシバは少し違ったらしい、少しだけ鼻息を荒くして謎の先輩に食って掛かる。

「いきなり失礼ではありませんか先輩。愛するものをただ愛していると告げる事は、何よりも尊いと僕は思うのですが……それとも出会い頭に人の友人を馬鹿にする事がこの学園の品位だとでも？」

「ま、まぁまぁ落ち着こうぜシバ、気持ちは嬉しいけどさ……どうもすいませんねお騒がせして」

俺は小さく頭を下げ、シバは腕を組んでそっぽを向く。

気持ちはわからないわけじゃないけどさ、ここは穏便《おんびん》にね。

「全く初めから素直にそうすれば良いものを……おっとこれはこれは学園長、ご公務お疲れ様です」

謎の先輩は俺の足元にいる学園長に気づくと、深々と頭を下げた。

――公務？　女子更衣室と女子トイレに入る事が？　この犬これで給料貰ってるの？　違うよね？

「しかし下らない事に学園長のお手を煩《わずら》わせるとは、どうやら礼儀というものを教わってこなかったらしい」

「何を」

その言葉にまたシバが顔を突き出すが、俺は手を伸ばして制止する。どうやらこの二人の相性はあまりよろしくないらしい。

「はぁ田舎者なんでね、すいません」

また小さく頭を下げれば、今度はため息が返ってきた。

「それにしても……何をしていたのかね君達は」

いきなり俺達を捕まえようとしないあたり、どうやらそこまで横暴な人じゃないらしい。オリエンテーションの日に襲い掛かってきた攻性科の連中と比べれば、その対応はまさに雲泥《うんでい》の差と言って良いだろう。

「それはもちろん女子更衣し」

シバの口を急いで塞ぐ。危ない危ない。

「えっと探し物なんです。ある女子生徒に……叡智の欠片を探して欲しいって頼まれて」

「それで新入生の君達が探していたと？」

「そうですね」

そう答えると、先輩はその口元を大きく歪《ゆが》めた。それからわざとらしく額を押さえて高笑いなんてされてしまう。

「ハハハハハハッ！　どうやら冗談だけは学んできたようだな！」

そんな物言いに思わず腹が立ってしまう。けど、我慢だ我慢これ以上揉め事は起こしたくない。

「良いか貴様ら、これを見ろ！　このバッジこそが生徒会役員たる証《あかし》！」

と、ローブの襟を掴み、そこにある琥珀《こはく》色の宝石があしらわれたバッジを外し突き付ける。

「またの名を……叡智の欠片だ！」

「へー」

なるほど、探してた物の正体はこれか。リタ先輩が欲しかったのは、尊敬されたかったからだろうか。

「そう、生徒会庶務《しょむ》であるこのマシュー・ブラオールのようにふさわしい者が持つべき物だ！」

ふふんと鼻を鳴らす謎の先輩改めマシュー先輩。

語気を強めるあたり、この学校における生徒会役員はおいそれとなれるものではないのだろう。

それか物凄い嫌われ者で、生徒会役員をボコってやったぜへっへっへこれが証拠の叡智の欠片だぜみたいな場合。いや後者は流石にないか。

「それはまぁ……わかったので、ちょっとそれ貸してもらえませんか？」

何にせよ、俺達としてはとりあえずリタ先輩にあれを渡せば済む話。果たしてそれで友達が出来てついでに召喚科の地位が上がるかはわからないが、それはまず手に入れてからの話。

「話を聞いていたのか君は？」

「いやそれぐらい彼女もわかっていると思うんです。だから何か別の用途があったとか……」

「フン、その答えにたどり着く程度の頭はあるようだな。いかにもこの叡智の欠片には身に着けた者の魔力を高める効果があるのだ」

「なるほど、それであの人探してたのか」

ようやく合点がいった。

あのバッジをこっそり持って魔法を使って、きゃーリタさん凄いねみたいなきっかけが欲しかったのだろう。

「とりあえず……貸してもらっても良いですか？　ほんのちょっとの間でいいので」

「良いわけないだろ、これを紛失するという事は即《すなわ》ち生徒会役員から外れる事を意味するのだぞ」

じゃあ一日ぐらいマシュー先輩に休んでもらって、と思ったが流石にそれは無理だな、うん。

どうやら俺達が思った以上に厄介な代物らしい。

――となると、取るべき行動は少しだけ。

「どうしよシバ、一旦退《ひ》く？」

撤退。

そして作戦を立て直すのが一番だろう。少なくともこのまま女子トイレの前で、これ以上話し合うのは得策じゃない。

「そうだね、彼が交渉に応じてくれるとは思えない。生徒会役員のバッジだというならもっと別の役員あたりを」

とシバが言いかけたところで、マシュー先輩に駆け寄る白い影。っていうか学園長。

「あ、学園長」

そのまま先輩に飛びつくと、噛んだ。思いっ切り叡智の欠片を掲げる手に噛みついた。

「痛いっ！」

先輩が叡智の欠片を取り落とせば、すぐさま学園長がそれをくわえて戻ってくる。

尻尾を嬉しそうに揺らしながら、まるで仕留めたネズミのように俺達に突き出してくれた。

「あ、どうも」

シバがそれを受け取り眺める。ちょっと俺にも触らせて欲しいな。

「きさ……貴様らあっ！　何をしたあっ！」

当然のようにマシュー先輩が叫ぶ。いや叫ぶのはわかるんだけど、貴様ら何をしたって台詞はどうだろう。

「いや学園長が勝手に……というか見てましたよね⁉」

「そんなわけないだろう！　貴様らがどうせおかしな魔法でも」

マシュー先輩は目を血走らせ、腰から提げた魔導書を開く。

そして込められた魔力が一枚のページに注《そそ》がれる。うわ、この人も攻性科か、とことん相性悪いんだな、俺達召喚科と。

「……使ったのだろうが！」

氷の礫《つぶて》が生成され、そのまま俺達めがけて勢いよく飛んできた。

「こわっ、逃げるぞシバ！」

ので、振り返って逃げる。

そうだもうこの人に用は無い。さっさと手に入れた戦利品をあの先輩に渡せば済む話だ。さあ全力で走ろうか。どこまで逃げればいいだろうか。

「あ、待ってくれたまえマイフレンド！　僕は！」

と、ドスンという鈍い音が廊下に響く。振り返らなくたってわかる、こけたなこいつ。

「運動が……苦手なんだ」

「そういえばそうだった」

ため息が出る。

素直に鬼ごっこをしていた方がのちのちシバのためになったんじゃないかと後悔するぐらいには。

「とりあえずこの叡智の欠片を……受け取ってくれ！」

走り出すマシュー先輩が、倒れたシバに蹴りを入れようとする。だが、稼いだ距離はそのまま時間に変わっていた。シバがその手にある小さなバッジを、俺に放り投げるぐらいの時間に。

「任せとけっ！」

シバの下手投げは年寄りみたいにヘロヘロな軌跡を描いたが、それでも俺は何とか掴む事ができた。

握った右手をゆっくり開き、左手でそいつをつまむ。

綺麗だった。太陽を反射する琥珀色の宝石は、そのまま夕暮れを閉じ込めたように輝いていた。

それはまるで、誰かの黄昏《たそがれ》の記憶。

——例えばそう、あの夕日に向かって翼を広げた。

「あ、消えた」

弾けた。

比喩《ひゆ》じゃなく、叡智の欠片は砕け散った。割れた？　にしては破片も残っちゃいない。何だったのだろうか今のは。

と、ここで顔を上げる。

そこには全身を固まらせたマシュー先輩の顔があった。えーっと、何だっけ、これなくしたら生徒会役員じゃいられなくなるんだっけ？

いやね、本当ちょっと借りようとしただけなんですよね別に壊そうとかそんな気持ちは無かったんだけどね。

せめて言い訳ぐらい言いなさいよ、アルフレッド。ほら動け俺の口、何かあるだろ都合のいいのが。

「か、霞《かすみ》で出来てた」

「そんなわけあるかあああっ！」

はい、そうですね宝石でした霞じゃないです。

「貴様、自分が何をしたかわかっているのか！　代々生徒会役員が受け継いできたバッジを、叡智の欠片を……どうしたというのだああっ！」

怒り狂う先輩が、魔導書に刻まれたいくつもの紋章に魔力を注ぐ。

氷の礫に氷の槍に氷の剣に氷のナイフにって、刃物多いですね。殺そうとしてますね、これ。

「しっ、知りませんってば！　逃げるぞシバ！」

まだ倒れているシバに駆け寄り抱きかかえる。

流石にこのまま置いて逃げるのは色んな意味でよろしくない。

「僕の事は置いていってくれたまえマイフレンド！　故郷にはそうスジャータには……僕が勇敢だったと伝えてくれ！」

「女子更衣室に笑顔で侵入した時は特にな！」

「それは……格好悪いな！」

何とか立ち上がるシバだったが、その瞬間飛んでくるいくつもの魔法。

すんでのところで避けるものの、掠めた冷気が皮膚を裂く。

駄目だ、逃げられない。

だったらできる事はもう一個しか残っちゃいない。人差し指を真っすぐ伸ばし、立ちはだかるマシュー先輩を指す。そして戦うための魔法は、俺達には一つしか無い。

「はっ、召喚科風情が何をするつもりだ！」

「自分で答え言うなっての」

描く軌跡は五芒星。

そして叫ぶ。きっと彼女に届くと信じて。

「来い……エル！」

五芒星の中心を殴りつける。何も起きない誰も来ない。

「あれ」

とりあえずもう一回。描く軌跡は五芒せ……って、くどいっての。

「来てくださいお願いします……エル！」

言い方が悪かったのかなと、台詞を変えて再チャレンジ。

はいエル来ませんね。おかしいですねこれ。

「おかしくない？」

「わかったぞアルフレッド君、彼女は今……保健の授業中だ！」

確かに。

いや確かにそうだけどとりあえず逃げるしかないじゃないか、やっぱり。

今度はシバが転ばないように、その背中を俺が押しながら走る走る。

「ハッ、どうやら新入生は猿でもできるような魔法も使えないらしいな！」

一呼吸置いて、またマシュー先輩が氷の武具を生成する。

俺が何故か猿でもできる魔法が使えない今、残された手段はもうこれしか残っていない。

「シバ！　召喚獣を呼ぶんだ！」

「ああ、心得た！」

心強くシバが頷く。

走りながら五芒星の軌跡を描き、彼らしく上品な前口上を付け加えて。

「契約に従い僕の前に姿を現せ！」

そしてその名を。

名前を。

「……名前まだ決めてなかった」

今度は俺が転ぶ番だった。それも思い切り顔面から。

「ちょっとお！」

「いや二つまで絞ったんだ。スジャータと僕の名前をとってスジャーバかシバータか」

立ち止まったシバが頭を捻りながら、どう考えてもいじめの対象になりそうなぐらい語感の悪い案を出してくれた。

「どっちも却下だ！　子供に絶対付けるなよ！」

「む、そんなに言うなら君が考えてくれないかな！」

恐る恐る振り返れば、もう先輩の魔法は向かってきていた。時間は無い。

「後で文句言うなよ！」

えっと確かシバの召喚獣は白い鳥だったっけか。鷹っぽかったかな？　そうだな空を飛んでる白い翼で。

——ああそうだ、知っている。

いつ、どこで？　わからない、思い出せない。

けれど、あの姿を覚えている。

誰よりも気高く誇りを持って、大空を翔《かけ》る白き翼。

黄昏の世界に向けて、飛び続けたその名前を。

「グリフィード」

呟いた。口元からこぼれた言葉は、シバの魔法陣に光を与える。

瞬間、視界が白く埋まった。その正体に気づけたのは、数枚の羽根がゆっくりと空を舞ったから。

彼の翼が広がった。その体躯《たいく》は獅子のようで、四つの足で地面を踏みしめる。

向けられたその顔は、まさしく鷲のもの。

幻獣グリフォン。それが目の前にいた。

「……えっ何これ」

いや、いたじゃないよグリフォンって。絵本とかお伽噺《とぎばなし》の生き物でしょ、君。随分前にはいたらしいけど絶滅したって入試にも書いてあったでしょ、何でいるのおかしくない？

「ふむ、良い名じゃないか……いや、違うな。きっと君はずっとその名だったのだろう」

当のシバは、流石と言うべきか幻獣の頭を優しく撫でた。

肝据わってますね、流石は普段から現実見えてないだけありますね。

「よろしく頼むよ、グリフィード。まずはあの」

シバが指さした先には、目の前にいる生物を理解できないって顔をしたマシュー先輩がいた。

そりゃそうだろう、何せグリフォンだ。化石すら残っちゃいない、ただ伝承に謳《うた》われるだけの生物。それがシバの命《めい》に従って、真っすぐと自分を睨《にら》みつけるのだ。

「わからず屋を……吹き飛ばせ！」

啼《な》いた。

耳に残るあまりに高すぎる音で、その声帯を震わせた。そしてその翼をただゆっくりと、扇のように扇いでみせた。

巻き起こる二つの竜巻が、狭すぎる廊下を駆け抜ける。

扉を、ガラスを巻き込みながら一直線に向かっていく。そんな暴風に為す術も無い先輩は、そのまま廊下の端まで吹き飛ばされた。

ゴンッ、という鈍い音が響いた。頭打ったねあの人。

「ふっ、どうやらどちらが学園の品位を落としていたか、これでハッキリしたようだね」

顎に手をやりながら、シバが得意げな顔でそんな事を言う。

「いや、シバ」

なんですけどね、目の前には頭打って気絶した生徒会役員に、散乱する窓ガラスやら扉やらで、騒ぎに気づいた他の生徒や教師が教室からわらわらと顔を出してきてね。

「これ……やばいよね」

頷く俺達。えーっと召喚科の地位って何だっけ。

「そうだアルフレッド君、鬼ごっこでもしようじゃないか。鬼は……そうだな、この現場の目撃者だ」

グリフィードの背に乗るシバ。無言でその後ろに乗る俺。

そうそうライラ先生もそうしとけって言ってたんだっけ。

「さぁ、大空を行け……グリフィード！」

窓ガラスを枠ごとぶち破って、グリフィードは空を舞う。シバと俺を乗せ、あの太陽に向かっていつまでも。

見下ろす度に魔法学園が小さくなる。ここで過ごしたあの日々が世界のほんの片隅での出来事だと教えてくれたような気がした。

それは一瞬だけど、確かにいつまでも輝いている宝石のように思えて、気づく。

——俺、今度こそ退学かなって。

◆◆◆

「はーっ、女子更衣室侵入に女子便所侵入、おまけに教室のドア八枚に窓ガラス十六枚ぶち壊して生徒会役員を医務室送りとか……お前ら鬼ごっこってどんな遊びか知ってるか？　ハイハイからやり直すか？　ん？」

はい、説明不要。でもしておくね、ここは生徒指導室。もう三回目で教室にいる時間より長いけれど、今日はちょっと違う。隣にシバがいるからね。

「すみません先生、もうしません」

頭を下げる。

——ちなみに事の顛末《てんまつ》だが、俺とシバはそのまま大空を駆けて逃避行……などとはいかなかった。

途中グリフィードが昨日までの白い鳥の姿に戻り、そのまま近くの森に墜落《ついらく》。

トボトボと学園に向かって歩いているところを、鬼の形相をしたライラ先生に確保されましたとさ。

ちなみにグリフィードは教室で他のクラスメイトが面倒を見ている。

ってさっき説明したらふざけるなって怒られた。

「いいかアルフレッド、もうしないっていう台詞はだな……生徒指導室に三回も来る奴が言っていいものじゃないんだよ！」

そしてまた怒られる。怒鳴って机を思い切り殴るライラ先生。机の上に置かれた灰皿は、来た時は空だったのに今はもう山のようになっている。めちゃくちゃ煙《けむ》たいですこの教室。

「待ってくださいライラ先生！　僕はまだ一回目です！」

「あ、シバずるい！」

「ったく、しかも仲間割れとはな……もう面倒だ二人共、明日から生徒指導室で出席取るぞ」

「反省してます」

「もうしません……僕は」

頭を下げる俺とシバ。いや僕はって俺ももうしないからね。

「全く、とりあえずそこで反省文でも書いてろ、ファンタスティック馬鹿ども。私はお詫《わ》び行脚《あんぎゃ》でもしてくるさ」

とりあえず束になった紙とペンをぞんざいに渡す先生。そのままくわえていたタバコを灰皿の山の頂上に突っ込んで、生徒指導室の扉を開く。

が、振り返らずに言葉を続けた。

「ところで二人とも、リタ・アンバーって女子生徒知ってるか？」

「いや知りません」

「誰の事ですか？　生憎友人以外の名前を覚えるのは苦手でして」

すっとぼける俺とシバ。ここに来てそういえば叡智の欠片渡してないなと思い出す。

けれどそれはどうやら杞憂《きゆう》だったようで。

「さあてね。何でもお前らに絡まれてるって誤解されたおかげで、クラスに友達が出来たと私に報告してきた、変わった二年生の名前さ。随分嬉しそうに話してくれたが……お前らには関係無い話だな」

そのまま先生は扉を閉じる。全く骨折り損とはこの事だろう。

けれどシバは笑っていた。そういう性格なのだろう、彼は。

「何はともあれ、作戦成功……かな？」

シバが俗っぽく拳を突き出す。俺も笑う。確かに骨折り損かもしれない。けれど冷静に考えようか。

リタ先輩には友達が出来てシバの召喚獣の名前が決まって自分の教室で殺されかけて女子更衣室でシバがボコられて女子トイレには変態がいて生徒会の人を医務室送りにして扉と窓ガラスが粉々になって召喚科の地位はおそらく更に下がって今生徒指導室にいて眼の前の反省文用の紙の束はまぁ三十枚近くあって。

だから。

「……えっ、どこが？」

何一つ嘘偽りの無い言葉を、俺は吐き出す。ついでにシバの拳ははたき落としておきましたとさ。

夜遅くに帰宅した俺とシバ。

地獄の反省文提出を何とか今日中に終わらせられたものの、もはや食事を摂《と》る気力すら残っていない。というわけでそのまま自分の部屋に直行したのだけれど。

「おっ、おう遅かったなアルゥッ！」

ベッドで寛《くつろ》いでいたエルが、俺の顔を見るなり顔を真っ赤にして挨拶してくれた。

何か枕抱いてる。

「ああエル先帰ってたんだ。授業は楽しかった？」

「まままままあな！　でもあれだな！　オオオオオレオレオオオレぐらいになるともう学ぶ事なんてひとつ、一つも無いけどなあっ！」

声を何度も震わせながら、今日の感想を教えてくれた。

「そりゃよかった」

疲れ切った俺は気の無い返事を口にしながらベッドに倒れ込む。

「けけけけけどおっ⁉　ほほほほ保健ってのはあれだなぁっ！　こう、コウノトリって関係無いっていう説は興味深かったけどなあっ！」

説って。あ、もう無理だ眠くなってきた。

「そそそそっちの、説を……だな」

だから説って、まぁいいかそんなのは。

「試したかったら……良いんだぞ、アル」

「おやすみなさい」

よく聞こえないまま返事する。

エルはそのまま抱きしめていた枕で俺の頭をバシバシと叩いてきたが、もう疲れ切った俺はそのまま眠りに落ちる事しかできなかった。

第四話　はた迷惑なユニコーン

翌朝目を覚ませば、隣にエルはいなかった。

それはそれで望ましい事なので俺は朝の雑事を済ませてから、ついでに制服にも袖を通して食堂へと向かった。

シバの使用人の方々が用意してくれた朝食は、パンにサラダにベーコンエッグなど定番ではあるもののどこか上品に纏まっていた。

「おはようございまーす」

挨拶をすれば屋敷のみんなから挨拶が返ってくる。

食事に同席しないのかとこの間聞いたが、かえって気を使うとの返事だったのでそれ以上口を挟まない事にした。先に目を覚ましていたシバは、膝の上に座るグリフィードを撫でながら満面の笑みを浮かべている。

「やぁおはようアルフレッド君！　ところでどうだいグリフィードのこの毛並み、惚れ惚れするほど美しいじゃないか！　うーむ、今年の夏休みは彼に乗ってスジャータと共に、あの思い出の海まで飛んでいきたいものだ。はぁ、スジャータ会いたい……」

と思ったら落ち込んだ。

朝から忙しい奴だ。もっともグリフィードは能天気な鳴き声を上げ続けているのだが。

「グリフィード、ねぇ……」

その名前に違和感は無い。いやむしろ、とっさに付けた名前にしては違和感が無さすぎる。正確には、思い出したのだ。デジャブにも似た不思議な感覚。知らないものを思い出す、矛盾しかなかった感覚。

「君が名付けてくれたんじゃないか、何か不思議なのかい？」

「いやいい名前だなって」

やめよう、朝から頭を悩ませるにはややこしいだけの話題だ。時間がある時にでもゆっくり考えればいいさ。

「だね。ところで魔王様は一緒じゃないのかい？」

「さぁ……起きたらいなかったよ」

パンを千切りながら答える。口に放り込めば芳醇《ほうじゅん》なバターの香りが広がった、とか美食家みたいな台詞を言ってみたいが、正直田舎者の貧乏舌なのでよくわからない。

「彼女の部屋は？」

「しばらく女性の部屋は開けなくていいかなって」

「違いないね」

肩を竦めてシバが答える。それから俺達は豪勢な朝食を遅刻ギリギリまで楽しむ事にした。

「えー、早速だが転校生を紹介しようと思う」

「は？」

朝のホームルームが始まるなり、開口一番ライラ先生は意味不明な事を言い出した。

「は？　じゃないだろアルフレッド、転校生だよ転校生」

「あの、まだ入学して二日目なんですけど」

転校生の意味はもちろん知っている。知っているが、転校生が入学二日目にやってくる異常事態については知らない。普通こういうものってもっと切りの良い時期に入ってくるんじゃないのかと。

色々疑問に思ったのだが。

「そうだな、おいエルゼクス、さっさと入れ」

と、その名前で一気に脱力する。いやお前かよ。

「よっすアル、今日からオレもこの学園の生徒だ！」

教室に、嬉しそうに跳ねながらやってきたエル。

羽と尻尾はなりをひそめ、学園の制服に身を包んでいる。といっても窮屈《きゅうくつ》なのか着崩している上に角はそのまま。ま、角ぐらい適当に言い訳できるか。

「まぁ昨日の授業でエルゼクスには社会常識を教えなきゃならんって事になってな……けど学生でもない奴が教室にいたらまずいだろ？　というわけで便宜上の転校生だ、学園長から許可は貰ってるぞ」

あのスケベ犬の許可が何になるのかと一瞬思ったが、そういえば学園長は学園長だったな。

「へっへー、席はアルの上だな」

いきなり俺の膝の上に座るエル。

――いや上って何だよ、そんな座席無いよ。黒板とか見えないじゃん。

まぁ今のところ保健の授業以外で黒板使ってるの見た事ないけど。

「ちょ、ちょっと魔王様？　そういうのってちゃんと決めないといけないと思うんですけど？」

後ろに座るディアナが至極真っ当な意見を述べてくれる。どうやらこの教室の秩序は死滅しちゃいないらしい。

「何だよ恋人の膝の上に座るのに許可が要るのか？」

「魔王様も今日から転校生なんだから、学校のルールには従わないと駄目です」

「ま、席はどうせこんな人数しかいないからどうでもいいぞ。あーだが、要らん誤解は招きたくないから魔王様はよろしくないな」

タバコに火をつけながら、ライラ先生がぞんざいに答える。

「何とっ、我が前世を否定するか!?」

まぁそうだよなとみんな思っていたのにエミリーが無駄に口を叩く。だが全員無視、仕方ない。

「じゃあエルちゃん？　クラスの仲間になった事だし、とりあえずわたしの横に座ってくださいね？」

切り替えの早いディアナが、エルを見つめながら笑顔でそんな事を言う。

いや笑顔じゃないな、目は笑ってるというより据わってる。

「座ってくださいね？」

ディアナの少し語気の強い言葉に思わずたじろぐエル。まぁ俺としてもそうしてくれた方がありがたいので。

「良いからそっち座っとけって」

渋々ディアナの横に座るエル。まぁ授業中ぐらい大人しくしてくれるだろう。

「じゃ、ホームルームも終わったところで……授業始めるか。今日はそうだな」

そこで言葉を詰まらせるライラ先生。

――基本的な話をしよう。

この学校における授業というのは、所属する学科によって決められている。

早い話が、担当の先生がこれをやると言えばやる、やらないと言えばやらない。みたいな事を朝食の時にシバが言ってたっけ。

とまぁ何が言いたいかと言うと、この先生何にも考えてないなって事である。

「ま、適当に召喚獣と触れ合ってろ。信頼関係とか生まれるだろ、多分」

ほらこれだ、もうタバコ吸い始めてるよ。

「職員室にいるからな、人を呼び出すような事をするなよ」

クラスメイト達の気のない返事に満足したのか、先生はさっさと教室の扉を開く。

「特にアル、お前は余計な事するなよ」

そして去り際に嫌味を一つ。いや嫌味というか、先生的には事実に基づいた推論なのだろう。俺は悪くないと今でも思ってるけど。

「はははは、グリフィード！　早速僕とこれで遊ぼうじゃないか！」

と、ここで待ってましたと言わんばかりのシバが立ち上がり、カバンから円盤の玩具を取り出す。

田舎では見なかったな、こんな玩具。せいぜいボールや木の棒を投げて取りに行かせたぐらいだったけど、都会は凄いな。

「あれっ、シバくん召喚獣の名前決まったんですか？」

嬉しそうなシバを見て、ディアナが気づいた。

「ああ、アルフレッド君が付けてくれてね」

「へぇー……」

じっと俺を見つめるディアナ。何でしょうかね、その物欲しそうな目は。いや勘弁してほしい、ついさっきライラ先生に余計な事はするなと釘を刺されたばかりなんだぞ俺。

「ど、どうしよっかエル……召喚獣と触れ合えだってさ」

「そうだなぁ」

苦し紛れにそう尋ねるとエルはそのまま机の上に座り、ブラウスのボタンを上から三つほど外す。

生唾を飲み込む音が聞こえた。俺のだ、これ。

「胸ぐらいまでなら触っても……良いんだぞ？」

確かに触れ合うって授業だったからな、うん。

荒いぞ俺の鼻息。でもいいか、これは授業の一貫だから。

「アルくん？　エルちゃんは召喚獣じゃなくてクラスメイトとしてここにいるんですよね？」

なんて甘い考えは、目が笑ってないディアナに吹き飛ばされた。

「あの、それよりアルくん……せっかくなのでこの子にも名前付けてもらってもいいですか？　自分で考えてみたけれど、どうしてもしっくりこなくって」

「うんうんそうしたまえ！　僕のグリフィードも彼に名付けてもらった途端、幻獣グリフォンになったから……ねっ！」

俺が、何で？　と聞き始める前にペラペラと喋り始めるシバ。文句を言おうにも既に玩具でグリフィードと遊んでいるので、どうせ聞こえないだろう。

「グリフォン？　あいつが？」

意外な事に、その言葉に目を細めたのはエルだった。

「言われてみれば面影あるな……」

目を細めて、じっとグリフィードを見つめるエル。何か思うところでもあるのかもしれないが、面倒なので聞かないでおいた。

「ね、君もアルくんに名前付けてもらいたいよね？」

胸に抱いているディアナの召喚獣がジタバタと震え出す。どうやら馬の分際で、彼女の胸の谷間が一番居心地が良いようで。いや誰だってそうか。

「しかし白い馬……馬ねぇ」

今度はエルの興味がディアナの召喚獣に向く番だった。

「なぁディアナ、こいつ本当に馬か？」

「ロバとかポニーって事ですか？」

子馬にしては小さすぎるそれは、せいぜい小型犬ぐらいの大きさ。学園長とかグリフィードと大して変わらないぐらいの大きさ。その事を言っているのかなと思ったが、どうやら違ったらしい。

「いやそうじゃなくてだな、角とか生えてないか？」

首を傾げながら、エルがそんな突拍子もない事を尋ねる。馬に角、ねぇ。

「そんな馬に角なんて」

ディアナがニコニコと笑顔を浮かべながら、馬の額をまさぐった。

「生えてましたね」

いや生えてるのかよ。

「グリフォンに、角のある馬に……黒い蛇に黒猫ねぇ」

腕を組みながら頭を捻るエル。ちなみに黒い蛇は今日もファリンの枕になっており、黒猫は古今東西の神話と娯楽の本を積んだエミリーを尻目にあくびを一つ。

「何か言いたげだね」

「いや別に？　ただそうだな……オレがそいつに名前を付けるとしたら」

得意げな顔をして、エルが子馬に顔をぐっと近づける。一瞬、本当に一瞬で気のせいかもしれないけれど。そいつは冷や汗をかきながら、目を逸らしたように見えた。

「アインランツェってとこかな」

◆◆◆

――ボンっ。

情けない、不発した花火みたいな爆発音と白い煙。思わず咳《せ》き込む俺達だったが、気を利かせたシバが窓を開けてくれたおかげで徐々に視界が開けてきた。

「あ、あのエルちゃん……何かこの子、すっごく大っきくなりましたけど」

そこには立派な馬がいた。

田舎で山ほど見ていたからわかる、これは上等な馬だなと。隆起した筋肉を雪のような白い毛並みが覆っている。軍隊なんかに持っていけば、大喜びで将軍様の馬になれるような立派すぎる馬。

――でも角。

額には子供の腕ほどの長い角が生えている。それも白い。彼、でいいのだろうか。アインランツェと名付けられたそれは嬉しそうにディアナに頬擦りをした。

……その大きな胸めがけて。

「嬉しそうだなこの馬、スケベなんじゃないか？」

と、口を滑らせた俺に飛んでくる後ろ足。

「痛《いて》えっ！」

思い切り鳩尾《みぞおち》に当たったせいで思わず口からよだれが溢れる。

何だこの角付き馬、どうなってんだよ。

「おいおいアル、こいつは馬じゃなくてユニコーンだぞ。お前も見覚えあるだろ」

「いや……ないけど？」

エルがまた俺の知らない記憶について言及してきたので、首を思い切り左右に振った。

「ったく薄情な奴だな……まぁ六百年前ですら絶滅寸前だったからな、もう殆ど残ってないだろ」

その馬、じゃなくてユニコーン？　のたてがみをくるくると指に絡めながら、エルは知って得しない豆知識を教えてくれる。

「そうなんだ、何で？」

「こいつらの繁殖方法ってか、性癖に問題があったってお前言ってただろ」

記憶にございません。

しかし凄いな俺、というか大賢者アルフレッド。まさか生き物の性癖にまで詳しいなんてどんな知識量だったんだ？

「ちょ、うちの子の性癖とか言わないでください！」

「まぁ落ち着けって、ディアナがなつかれてるって事は、資格があったって事だろ」

ぎゅっとアインランツェの頭を抱きしめながら、ディアナが必死に抗議する。しかしエルは対照的で、冷静に言葉を返すだけ。

「資格って？」

「ああ、確か何だっけな、アルが言ってた言葉だと……」

うんうんと頭を捻るエル。そしてポンと手を叩いて、はい、ろくでもない事を一言。

「そうだ処女厨《ちゅう》だ」

「しょっ……！」

意味がよくわからないのか、あっけらかんと答えたエル。

対するディアナは思い切り意味がわかっているのだろう、耳まで真っ赤になっている。

「言葉の意味はよくわからんかったが、うちのクラスは大丈夫そうだな」

あたりを見回すエルにつられて、俺もあたりを見回してみる。

こっちの騒ぎに気づいたシバ、相変わらず寝ているファリン、黙々と本を読むエミリー。

あ、でもエミリーの本逆さになってるわ。言わないでおくか。

「エルちゃんも大丈夫そうですね、本当はアルくんとはずっと何にも無かったんじゃないんですか？」

「えっ、ディアナ意味わかんの？　スゲーな」

「わかりません！」

無自覚に煽《あお》るエル、そっぽを向くディアナ。ぐへへへ、お嬢ちゃん意味わかってるよね、ぐへへへと聞きたくなる気持ちを必死に抑える俺。

「おっ、何だいディアナさん随分と君の召喚獣が立派にな、痛いっ！」

ユニコーンに触ろうとしたシバが強烈な頭突きを食らって吹っ飛ばされた。

うわ痛そう……いやそうじゃなくて。

「シバ、まさか！」

つまりシバは非処――。

「男はとりあえず全員嫌いらしいとも言ってたな」

「良かった……」

ほっと胸を撫で下ろす俺。よかった、本当によかった。いや頭突きされた事自体はよくないけどさ。

「にしてもどうしましょう、えーっと……」

「アインランツェ？」

「うーん、長いからアインちゃんで！」

そうディアナが言えば、アインランツェ改めアインちゃんはディアナの胸に頬擦りする。やっぱりただのスケベ馬じゃないか。

「よかったな素敵な名前で。オレも嬉しい限りだぜ」

嫌味ったらしくエルが言う。ただしその言葉の棘《とげ》は、アインに向けられたように感じてしまった。

「よくわかったねエル」

「そりゃまぁ、な」

意味深に頷くエル。まぁ追求するのはやめよう、どうせろくでもない事だ。

「じゃなくて、どうしましょうね？　名前決まったのは良いとして、このままだと……大きすぎて困るっていうか」

「大きすぎて困る、痛いっ！」

ディアナの言葉を言い直しただけなのに、アインは俺の膝をキックしてきた。

くそっ、こいつとは仲良くなれる気がしないな。

「それもそうだな、そいつは特定の女を見ると暴れ回る、気性の荒い生物だったからなぁ……」

それはもう処女厨っていうか非処女を憎んでるんですよね、と言いたくなったがやめた。馬に蹴られたくないからだ。

「小さくする方法ってないんですか？」

「角をこす……何でもないです」

言いたくなったがやめた。馬に蹴られ以下略。

「にしても早めに戻した方が良さそうだよなぁ」

文字通り下らない冗談はこの辺にして、腕を組んで考える俺。グリフィードは適当に空飛んでたら戻ったが、まさか非処女見るだけで暴れる奴をその辺に放つわけにはいかないよな。

「よさそうだよなぁ、ってアル……戻すのはお前の役目だろ」

「え、何で？」

突然の指名に思わず耳を疑う。と思ったらため息が追加で聞こえてきた。

「いやお前ぐらいしか知らないぞ、こんな絶滅危惧種の窘《たしな》め方なんて」

「エル何か知らないの？」

「お前が来るまでは気が済むまで暴れさせてたからな。二週間ぐらい」

長すぎないですかね。

「図鑑とかに書いてない？」

「下らん事言ってないでさっさと思ぃ出せ」

「そんな都合よく思い出せるわけ……」

エルに尻を叩かれれば自然と悪態が口につく。思い出す、という単語にどうしても慣れないせいかもしれない。忘れたという感覚すら無いのだから、それは矛盾した行為でしかないのだが。

「あ、叡智の欠片」

つい昨日、そんな矛盾にぶつかった。グリフィードの名前について確かに俺は思い出した。

「何それ？」

「いや生徒会のバッジ触ったら消えて……それでグリフィードの名前思い出したんだよな」

「何だよそんな都合の良いものあんのか……じゃ、根こそぎパクってくるか」

軽く背伸びをしてエルがそんな事を言う。多分彼女の能力なら、それぐらいわけないのだろうけれど。

「いやいやちょっと暴力的すぎない？」

けれどこれ以上騒ぎを起こしたくない身としては、そんな案を呑めやしない。

「んな事言ったって、アルだっていつまでも記憶喪失じゃ不便だろ」

「いや記憶喪失っていうか別人だと思うんだけどさ……」

「グリフィードの名前思い出したのにか？」

「その話はまぁまた今度で」

エルとの会話を一旦打ち切る。これ以上はこの話題について避けたい自分がいた。

それは置いといて振り出しに戻る。結局このユニコーンの戻し方についての手がかりなんてものは無いのだ。

「ちょっと、ここにウチら生徒会に喧嘩売った馬鹿がいるって聞いたんだけど！」

――とか思ってたら鴨が葱背負《ねぎしょ》ってやって来た、じゃなくて生徒会と名乗る上級生が教室のドアを思い切り開いた。

「イ、イザベラ先輩、声大きいですよ、授業の邪魔に……」

入ってきたのは二人の女生徒。

一人は少しカールした黄色寄りの金髪を後ろで縛り、化粧が少し濃い目の女性。リボンの色が緑色だから、イザベラ先輩ってのはこっちの事だろう。ナイスバディという言葉がよく似合う。胸元ははだけており、スカートもだいぶ短い。

もう一人は黒髪に地味なメガネ、リボンの色は青。って事は二年生だな、大人しそうな雰囲気だ。優等生って言葉がよく似合うタイプ。もちろんブラウスは第一ボタンまでしっかり留めて、スカートは膝も隠れるぐらい。

ちなみに二人の襟元には琥珀色のバッジが着いていた。うーん葱が二本歩いてきたな。

「ふん、どうせFランなんて大した授業してないわよ」

金髪の三年生がまさしくその通りの事を言う。不躾《ぶしつけ》不遜《ふそん》なその態度に、不快感を抱く人は多いだろう。

「あ、召喚科の皆さんごめんなさい……私生徒会庶務のフィリアと申します。昨日の事件について事情を」

対してフィリアと名乗る生徒会役員は何度も頭を下げてくれた。

「ええい、まどろっこしいわねフィリア……いい、こういう時はこうするのよ！　この生徒会副会長イザベラ・ミハイロビッチが命ずるわ！　ウチのマシューを医務室送りにした馬鹿はさっさとこっちに！」

なるほどフィリアさんにビッチ先輩ね、なんて思っていたのがまずかった。

そう、ここにいるのは処女厨のユニコーン。二人の顔を見るなり鼻息の荒さは最大、その角は真っすぐと生徒会の二人に向けられる。

――まずい。

どこをどう見てもここには非処女が一人いる。駆け始めるアインランツェ、驚く生徒会の二人。

助けなければ。人としてそれはやらなきゃいけない事に思えた。だから俺も駆けた、跳んだ。

助けるべきは非処女、だったら。

「ビッチ先輩、危ない！」

「ビッ……！」

ビッチ先輩の肩を掴み、無理やり地面に押し倒す。

よし、やった。思わず拳を握りしめる。予想通りなら今頃頭上をユニコーンが飛んでいるはず。

「フィリアーーーーーーーッ！」

ビッチ先輩が叫ぶ。その悲鳴に振り返れば、馬に蹴られるフィリアさん。めっちゃ吹っ飛んでいる。うわー痛そう、俺が食らった蹴りより痛いぞあれ。っていやそうじゃなくて。

「そんな、まさか」

奴の顔を見る。

もうニッコニコ、絵に描いたような満面の笑みでビッチ先輩を見下ろしている。つまりこれは推理するまでもなく。

「ビッチ先輩の方が……処女だったなんて！」

飛んできた平手打ち。助けたのに何だこの仕打ちは。

「痛いっ！」

「はあああああっ、ち、ちげーし！　処女なんて十五年ぐらいに前に捨ててるし！」

意地を張っているのはわかるけれど、それはそれで大問題ではないでしょうか。

「あ、アインちゃん逃げちゃった……」

と、ビッチ先輩には飽きたのか廊下に出たアインランツェは、そのまま廊下を走り始める。その体躯にふさわしく、パカパカと蹄《ひづめ》を鳴らしながら。

「なぁアル、追わなくて良いのか？」

気の抜けた台詞を言うエル。これはまぁね、追いかけなかったらディアナのせいになるんでしょうね。ここで逆に追いかけたら、俺がまた生徒指導室に連行されるような気がしないでもないけど。

「えーっと……追いかけますか」

黙っていれば怒られそうな事は確かだろう。全く気乗りしないけど、こればかりは仕方ない。

「んじゃ、オレの出番だな」

「わたしも当然行きますからね？」

「二人とも……」

声を上げるエルとディアナに、思わず涙が出そうになる。だって生徒指導室は、一人じゃ広すぎるから。

「ほらビッチ先輩も行きますよ」

「えっ、アタシも!?」

ついでにそのまま倒れていた学校の権力も道連れにしておこう。

さあて今日も、楽しい鬼ごっこの始まり始まり。

隣の一年凋落科の教室の扉の前に立つ俺達。聞こえてくるのは阿鼻叫喚《あびきょうかん》の地獄絵図っぽい悲鳴の数々。あのユニコーンどうやって扉閉めたんだろうという無駄な事をつい考えてしまう自分がいる。

「うわー開けたくねー」

そして漏れた言葉はただの本音。しかし俺の尻は叩かれる。

「ちょ、ちょっとアンタが開けなさいよ」

露骨に不満そうな顔を浮かべるビッチ先輩。開けるの、俺が？

「いやここはやっぱり生徒会のビッ……何だっけ……生徒会の先輩にビシッと決めていただかない

と」

思いの外よく回ってくれた口が、とても二歳年上の先輩に言うべきではない台詞を発してくれた。

また尻を叩かれるのかな、と思ったがビッチ先輩は顔を赤くしてもじもじし始めた。

「そ、そうかしら？」

うわ、この人チョロい。

「ええ、ここはビシッと！　いよっ先輩美人すぎる！」

持ち上げれば先輩の鼻息が荒くなり、意気揚々と扉に手をかけた。

よし今度からこの作戦で行こう。

「せ、生徒会副会長のイザベラ・ミハイロビッチよ！　全員大人しく」

絶句する俺達。散々机やら椅子やら教科書やらを撒き散らしたユニコーンは、教室のど真ん中でブルブルと鼻を震わせている。

そしてゴミのように倒れる全ての男子生徒と教師とあと三分の一ぐらいの女子。

うわ結構確率高いんだな、同年代。割とショックなんだけど、じゃなくて。

「わー地獄絵図」

身を寄せ合う一部の女子生徒に満面の笑みを浮かべるユニコーン。こいつ最低だよな。

「ちょっと、どういう事か説明しなさいよ！」

「何て事だ、奴は処女の楽園を作る気なんだ……！」

あれ、でもそれって結構悪くないんじゃ。

「あああアルくん？　あんまりそういう言葉言わないでもらえると……」

「ごめんなさい」

ディアナに謝る。

「しかしどうやって奴を押さえようかな……」

さて、作戦を考えよう。

ごく普通に考えて、あれだけ体躯の良い馬を学生四人で取り押さえるというのは無理な話。だが一人見た目だけ学生の人っぽいのがいるので、そこが作戦の要だろうから聞いてみる。

「エル、何かいい案ある？　俺の記憶うんぬん以外で」

正直、あれには頼りたくない。白昼夢を作戦に組み込むなんて正気の沙汰《さた》じゃない。

「ま、足止めだけなら色んな方法があるだろうな。麻痺《まひ》させたり眠らせたり……あとは罠とか」

なるほど、それが現実的か。で、それってどうやるんでしょうかね。

「エルできる？」

「殺していいなら」

「駄目です！」

ディアナが大声で抗議する。そのせいでこちらに気づいたユニコーンが、器用に扉を角で開けてからゆっくりと教室を後にした。慌ててディアナが口を押さえるが、時既に遅しとはまさにこの事。

「ハッ、本当に使えないわねFランどもは」

そんな俺達の様子を見て、ビッチ先輩から手厳しい言葉が一言。返す言葉は一個だけ。

「ビッチ先輩できるんですか？」

必殺自分を棚上げ。あ、ビッチ先輩って言っちゃったまぁいいか。

「はっ、当然でしょう⁉　こう見えてもアタシ錬金科主席……薬の扱いならお手のものよ？」

ふんぞり返って偉そうな言葉を吐くので、早速ついさっき覚えた作戦を決行する。

「凄い先輩、流石は先輩、お願いします先輩！」

褒める。

効果は抜群だ、ぐんぐんビッチ先輩の鼻が伸びていくぞ。

「し、仕方ないわね！」

チョロっ。

◆◆◆

廊下をうろつくユニコーンを物陰に隠れながら見張る俺達。

ちなみに人払いは先輩がさくっとやってくれました。権力って凄いね。

「ところで先輩、錬金魔法ってどんな感じなんですか？」

そういえば錬金魔法について、受験以上の知識が無かった事を思い出す。その名の通り黄金を生み出す事を目的としており、色んな物質を掛け合わせる魔法っていう程度の知識。実物を見た事は未だにない。

「そんな事も知らないなんて……流石Fランね」

「ありがとうございます」

「全く褒めてないわよ」

「いや、先輩がかっこいいとこ見せてくれるから先にお礼を言おうかなと」

——褒める。

するとと何という事でしょう、先輩が堂々とユニコーンと対峙《たいじ》したではありませんか。

「……ふんっ、後学のために見ておきなさい」

しかも先輩らしい台詞なんて残しながら。流石かっこいいビッチ先輩。

「その馬っ！」

「イザベラ先輩、馬じゃなくてユニコーンですっ」

指を突き付ける先輩に、正しい情報を教えてくれるディアナ。

「……ユニコーン！　このイザベラ・ミハイロビッチが相手になるわ！」

「ひゅーかっこいいです！」

名乗りを上げる先輩に透かさず合いの手を入れる。

何故か舌打ちが聞こえてきた。作戦バレたかな。

「一応確認しておくけど……馬鹿にしてるわけではないわよね？」

「はい」

「そう、なら良いわ」

よかった、流石チョロチョロビッチ先輩。

むしろここまでチョロいのに経験無いのは逆に奇跡なんじゃないかなって思ってしまった。ユニコーンはそんな事など思わないのだろう。先輩の声を聴くなりこっちを向き嬉しそうに鼻を鳴らす。

「これでも……食らいなさい！」

腰から提げたベルトから、二本の試験管を抜き取り放り投げる。

一つには緑色の粉末が、もう一つには金色の鳥の羽。ユニコーンの角にぶつかり、砕け散ったその瞬間。

「翡翠《ひすい》の涙よ、金糸雀《きんしじゃく》の羽と交わり……今！　その功験《こうげん》を顕現《けんげん》せしめよ！」

呪文の詠唱《えいしょう》。無数の光の帯がユニコーンを包み、激しく輝き始める。

「パラライズ！」

叫ぶ。なるほど、これが錬金魔法か。呪文に対応した物質を混ぜ合わせ、呪文を詠唱し魔法を発動させる。もっともあの物質自体も、呪文を唱えながら生成した物なのだろうけど。

「詠唱なんですね、魔法」

「そうね、うちの学校で詠唱発動は詠唱と錬金だけだわ」

「解説ありがとうございます」

って事は、紋章発動は攻性と増強と凋落か……いや今はそれはいいか。

「そんな事よりユニコーンはどうなったの!?」

頭を振るユニコーン。まぁ麻痺したら動かないから言い換えると。

「痺れて……ませんね」

駄目っぽいですね先輩の魔法、という感想は言葉に出さない。そんな事を言えば作戦が使えなくなってしまう。

「ああもう、次は眠らせて」

次の魔法の準備なのか、さらに二本の試験管を腰から取り出す先輩。だが流石のユニコーンも腹を立てたのか、一目散にこちらに向かってきた。あの体当たりをまともに食らうのはまずい。しかも角だから、どことは言えないが別の場所より先に腹に穴が開いてしまう。

「チョロチョロビッチ先輩危ない！」

というわけで俺はビッチ先輩を押し倒し、無理やりその場に組み伏せた。せめて俺が盾になれれば、まだ反撃のチャンスはあるはずだ。

「ひゃあっ⁉」

が、攻撃は特に来なかった。顔を上げればユニコーンはそこにはおらず、ディアナの胸に顔を埋めていた。

……ただのスケベ動物だこいつ。

「……誰がチョロチョロビッチよ」

「そうでしたね」

二重の意味で違いましたね。

「ていうか、手」

言われてどける。俺の両手は先輩のふくよかな胸に当たっているはずもない。体を起こし腰のあたりから両手をどければ、手のひらには試験管の破片が刺さっていた。もちろんその内容物も綺麗にぶちまけられており。

「あー……これ今使う奴ですか？」

「当然」

「……ごめんなさい」

　立ち上がって手を払う。

　――さて、どうしようか。

　人払いが済んでいると言ってもいつまでもあのユニコーンを野放しにしておくわけにはいかない。何かの拍子で小さくなってくれたら助かるが、そんなうまい話は転がってないだろう。そんなもの女の人を押し倒して偶然胸に手が当たるぐらいの確率だ。実際は試験管が関の山。

「どうするアル？　一応オレが手加減すればギリギリ死なないかもしれんが」

「いや」

　エルの提案を断る。そんな過激な方法は最後の手段にだって使いたくない。

　大きく息を吸い込んで、ゆっくりと吐く。最後から二番目の手段に手を出す覚悟をするために。

「先輩、それ借りても良いですか？」

　先輩の胸に輝く、生徒会のバッジを指さす。当然のように嫌そうな顔をされるが、今は頭を下げるしかない。

「良いと思ってるの？」

「お願いします！　何より優しい先輩なら貸してくれるかなって……」

「仕方ないわね……ちゃんと返しなさいよ」

　ため息をつきながらバッジを取り外し、俺に手渡してくれた先輩。チョロすぎて、もうこの人の人望凄い事になってるんだろうな。

「ええそれはもう」

　受け取ったそれをコイントスのように指で弾く。格好つけてやってみたかっただけだが、音に気づいたユニコーンがこっちを振り向いてくれた。それから鼻息を荒くして、今度は俺に一直線。

「もう一人の生徒会の人から……返してもらってください！」

振り返らずにそう言って、俺は琥珀を握りしめる。拳の中で弾けたそれは、跡形もなく消え去って。

——また身に覚えなんて無い、いつかの記憶を思い出させる。

迫りくる一角獣に対して、やるべき事は理解していた。

いや、少し違うか。やるべき事なんかじゃない、これは俺ができる事。

五芒星を描き、呟く。

「召喚」

低い音が廊下に響く。

ズドン、と腹の底を殴るような重低音。派手さは無い、何も光り輝かない。それでもその白い体躯は、ただその場に倒れている。見えない何かに潰されないよう、必死に体を震わせる。

「ちょっと、アンタ何したのよ……」

先輩の言葉に、疑問に思う自分がいた。何をした、と言われても理論まではわからない。ただできた事については、目の前にある結果についてもは説明できる。

「えーっと……重力を召喚しました？」

「は？　何よそれ……あり得ないわよ」

ですよね、俺も原理はよく知らないです。ただあり得ないのは本当の事。何せ召喚魔法でできるのなんて、ペットの呼び出しぐらいだから。

せめて紋章でも使えば納得できたかもしれないが、そんな物を持ち歩く優等生な俺じゃない。

「それはともかく、アレ根本的な解決になってないよな」

ユニコーンを指さして、エルがさらっと事実を指摘する。そう、あくまで今やったのは足止めであり、小さくできたわけじゃない。で、その方法についてだが。

「あーそれね、うん……そっちも解決策見つかったというか」

都合の良い事にそっちも思い出してしまったのだ。

だがそれは確かに都合は良いが、非常に言いづらいしなかなか最低な方法だった。

「ど、どうするんですか！」

「えーっと、俺達じゃどうしようもないっていうか、そもそもそんな人この学校にいるのかどうか」

少し目を潤ませてディアナが俺に詰め寄ってきた。けれど俺はとても言いたくないのではぐらかすしか方法はない。そりゃ言えないよな、あんな情けない方法だなんてさ。

「誰か必要なんですか……？」

「えーっと言いづらいんだけど」

深呼吸して三まで数えて、頭を掻いて覚悟する。

たとえ俺が思い切りビンタされようとも、せめてこの惨状だけは解決しなければならないから。

「あ、ライラ先生」

と、そこでディアナが呟く。振り返ればそこには相変わらずタバコをふかしている担任の姿があった。

「あっ」

そこで気が抜けたのか、ユニコーンを押し潰していた重力の効果が消え去る。

そして待ってましたと言わんばかりに走り出す一角獣。その向かう先は俺じゃない、ディアナじゃないビッチ先輩でもないなら。

「ちょっと、危ないじゃないの止めなさいよ！」

抗議するビッチ先輩を手で制し、俺は祈った。

「おいお前ら！　誰が教室を出て良いってぇ!?」

こっちに気づいた先生が驚くが、俺はあえて何も——いや違う、祈る事だけはやめられなかった。

「いや……俺は祈るよ、たった一つの可能性に」

一年召喚科担当で御年《おんとし》不明だがおそらく二十代後半から三十代前半で指輪はしてないから多分未婚のライラ・グリーンヒル先生が、あの伝説の。

「先生が……高齢処女だって可能性に！」

「えっ」

ディアナが呟く。

そう、これこそがユニコーンの怒りを鎮めるたった一つの存在だ。ディアナの表情を見る。

めっちゃ引いてるけど君の召喚獣だからね、覚悟してね。

いや本当ね、何か、思い出した記憶だとあのユニコーンことアインランツェがいやだいやだ処女は処女でも最低でもアラサーの処女じゃないと嫌だ乙女はワインと同じなんだと喚《わめ》いている記憶がね、蘇ってですね。

——本当、思い出したくなかったわこんな記憶。どこかに記憶消す石とか無いかな。

で、答え合わせ。ユニコーンは導かれるように先生を華麗に足払いし、その膝の上で寝息を立てる。俺達は勝った。しかし勝利の後はいつも虚しく、今日は特に後味も悪かった。

「おいアル、何か寝たぞこいつ！」

「えーっと」

頭を掻いて適当な言い訳を考える。あ、でもそうだな使えるかわからないけど、ここはあの作戦を試してみよう。

「寝心地良かったんじゃないんですか？」

――作戦名、褒める。

どこまで通じるか俺にはわからなかったけれど。少なくとも今日のライラ先生は、ため息一つを返してくれた。

◆◆◆

――だが反省文は書かされた。

自分の監督不行き届きではと言いたかったが、今日は生徒指導室送りにされなかったのでそれだけでもよしとしよう。

ビッチ先輩が懇切丁寧《こんせつていねい》に事情を説明してくれたおかげだろう、俺とディアナは放課後に数枚の反省文を提出する程度で許された。ちなみに処女じゃない方の生徒会役員は、何者かにバッジを奪われて生徒会を追放されたらしい。絶対身内の犯行で動機は逆恨みだよね。

「ふーっ……終わったぁ」

ディアナが机に突っ伏して、風船から抜けた空気のように言葉を吐き出す。

「お疲れ様、災難だったね今日は」

「ですねぇ……ってアルくんもう終わったんですか？」

「うん、もう反省文は慣れたからね」

「まだ入学して三日目ですよね？」

クスクスと笑うディアナからそっと目線を逸らす俺。多分現実からも逸らしているんだろうな。

「そういえばあのユニコーン……アインランツェはどうなったの？」

「一旦家に帰ってケージにしまってきました。三日は外に出してあげないんですから」

頬を膨らましてそんな罰を口にするディアナ。ま、そんな程度でめげるあいつじゃないだろうと一人で笑う自分がいた。何が乙女はワインだよ、全く。

「あの、それはそうとアルくん……」

「何？」

「今日は……ありがとうございました。わたし、何にもできなくて……全部頼りっぱなしでした」

深々と頭を下げるディアナ。そのせいで少しの気恥ずかしさが芽生えてしまう。

「いや何にもできなかったって事はないんじゃない？　というか一番大変だったのディアナだしさ。こういう時って謝らなくていいと思うよ。大変な時って誰にもあるから」

何かそれっぽい事を口走る俺がいる。

理論なんて無いに等しいけれど、ディアナの表情が曇るのを黙って見れない自分がいたから。

「でも……わたしっ」

　何かを言いかけたディアナだったが、意外な闖入者《ちんにゅう》が主張してきた。

　それは俺の腹の虫で、グーグーと鳴っている。

「ごめんなさい」

「普通こういう時謝りますか？」

　また彼女が小さく笑ってくれたから、今日はよく眠れそうだと一人で思う。

「あの、よかったら少し寄り道していきませんか？　美味しいケーキ屋さんが近くにあるってお姉ちゃんが言ってたんです」

「えっ、ケーキ！　行く行く！」

　ケーキと聞いて黙ってられない俺がいた。いやだってケーキだよ。年に一回しか食えないアレだよ。アレが食べれるのか、この学校の近くで。都会って凄いな。

「そ、そんなに喜んでくれると思いませんでした……」

「あーでも金あったかな」

「何言ってるんですかアルくん、今日のお礼も兼ねてわたしのおごりですっ」

「女神かな」

　実際一番の功労者はライラ先生だけど、表彰理由を口にできないので黙っておこう。

「エルも誘った方が良いかな？　何か気になる事できたから図書室行くって言ってたけど」

「あ、えーとそれはその……」

　もじもじと恥ずかしがるディアナ。その表情から察するに、だ。

「わかるぞディアナ、あいつ大食いだからいくらかかるか怖いんだろ」

店のケーキ全部食いそうだもんなあいつ。

「え!? あ、えーっと、はい、わたしもそんなに持ち合わせは無いっていうか」

「じゃ、二人で行こうか……こっそりさ」

ケーキでつい浮かれているのか、人差し指なんか口の前に当ててしまう。でも隠れて食う甘い物って余計に美味いんだよな。

「あっ、はいっ！」

ピンと立ち上がるディアナに、想像以上に足取りが軽くなる俺。

さーて反省文さっさと出しに行きますか。

「もうアルくんったら、早すぎますっ」

抗議の声は聞こえたけれど、ここはあえて反応しない。

何故って今の彼女の台詞は、あのユニコーンが大喜びしそうなそれだったから。

幕間　～過ぎ去りし昨日～

——夢を見た。けれどそれは楽しいものじゃない。

うず高く積まれた屍《しかばね》、傷ついた仲間達。

敗北した。

ソレとの戦いは、大敗の二文字でしか表現できない。

「エル、すまない……俺が判断を誤った」

「お前のせいじゃねぇよ、こんなの」

謝罪の言葉を彼女は受け入れない。

いや彼女だけじゃない、もはやあの戦いは、正誤で語れる範疇にない。

——ソレ。

まさしく地獄の窯《かま》と呼ぶにふさわしい世界の終焉《しゅうえん》。

五万の魔王軍を一薙《な》ぎで半壊させた、人智を超えた破滅の化身。

「帰ろうか、アル。今日のところは……さ」

ゆっくりと立ち上がった彼女が、俺に手を差し伸べてくれる。

「今日のところはって、日を改めて挑むつもりかな」

「当然だろ」

心強い言葉に、思わず頬が少し緩む。差し出された手に縋《すが》り付いて、いつまでも涙を流したくなる。

――だけど。

「ま、それは人類との戦いに決着ついてからにしようか。禁呪《きんじゅ》を使える人間も、殆ど残ってないからね」

手を取らずに立ち上がる。

――その手を掴む事はできない。

巻き込めない、これ以上。だから、やるべき事なんてもう。

――夢が終わる。誰かと肩を並べて歩いた、昨日が過ぎ去っていく。

その重い足取りが向かう先は、いつだって――。

第五話　生徒会役員になろう

入学式から早二週間。

それなりに学校にも慣れ、おまけにシバの屋敷での居候生活にも遠慮なく過ごせるようになった。

後者が良い事かどうかは置いておいて、前者についてはおおよそ困る事はなくなってきた。

……ついでに生徒指導室に放り込まれるような事も。

ただまぁ、問題がなくなる事はない。

「で、午後の授業は」

昼休みが終わって少し経ってから、あくびをしながらやってきた先生が開口一番そんな事を言う。

「先生、『は』じゃなくて『も』じゃないですか？」

そして黒板に爛々《らんらん》と輝く『自習』の二文字。なおこの文字はここ十日間消された事は一度も無い。

他にやる事は無いのだ。

「んじゃおやすみ」

抗議の声虚しく、先生は椅子にもたれ掛かり持参したアイマスクを被った。もはや何を言っても無駄だろう。

――で、クラスメイト達はというと。

「ねぇエル、その本面白い？」

この間から図書室に通うようになったエルは、椅子の上にあぐらをかきながら何やら難しそうな本を読んでいる。

「まーな、悪くないぞ」

「ふーん」

ま、俺は興味無いけどねその『絶滅した生物辞典』って奴。

「ディアナは刺繍《ししゅう》？　綺麗な柄だね」

「ええ、昔おばあちゃんから教えてもらって」

ディアナはといえば、たまに文字通り自習をしているのが六割で趣味の時間に充てている事が四割。人間、案外堕落《だらく》するものである。

「シバはキャッチボールね」

「君もやるかい？」

その提案に首を振る。

シバはだいたいグリフィードと遊んでいる。ある意味一番召喚科らしいと言えなくもない。

「ブツブツ……ブリュンヒルデ、アスガルド、レーヴァテイン……」

「うーん……ラグナロク」

エミリーは相変わらず辞書で小難しそうな単語を引いているし、ファリンはつられて寝言を口にする。

「あの二人は邪魔できなさそうだ」

で、最後に俺。入学式から数日は色々あったものの、今の状況は落ち着いているという言葉がよく似合う状況だった。

ついでに気づいたのは、自分が案外無趣味な人間だったという事実。こうやって手持ち無沙汰な時間を与えられても、これといってやりたい事も無く。

「あーあ、暇だな」

ぽつりとそんな言葉を呟く。

自分が一番この状況に適応できてないかもなんて、ほんの少しの寂しさを感じながら。

——なんて言ってた自分を殴りたい。

「ちょっと！　生徒会副会長のイザベラ・ミハイロビッチだけどアルフレッド・エバンスいるかしら!?」

突如開かれる教室の扉に、威勢の良すぎる声が響く。えーっと……確かこの人は。

「チョロチョロビッチ先輩おはようございます！」

「誰がチョロチョロビッチよ！　……って暇そうねアンタ」

腕を組んであたりを見回し、見たまんまの事を言う。

「はいその通りです」

「アンタちょっと付いてきなさい……良いですねライラ先生？」

返事は無い、ただの昼寝してる不良教師のようだ。もはやこの光景にクラス全員何も言わない状況が怖い。

「良いそうです」

「全く、これだからFランは……」

呆れたため息をつく先輩だったが、誰も言い返せやしない。

どうやらシバが謳った我々の地位向上は随分と先の事になりそうだ。

◆◆◆

先輩は妙に踵の高い靴で、カツカツと景気のいい足音を静かな廊下に響かせながら、意気揚々と進んでいく。それはまぁ良いとして、呼ばれた理由がわからない。

「用事って何でしょうか？」

なので聞く。多分怒られるだろうなというのが八割で、むしろ何で今更という感情が二割。

「あんた知ってる？　ここ最近で生徒会役員が二人も追放された事を。それもバッジの紛失という前代未聞の事態でね……十年ぶりぐらいじゃなかったかしら？」

まぁ当事者だから当然知ってますよね、二回とも。

「まさか犯人を探してるとか」

「いやあんたが犯人だってのは周知の事実だから」

「はい、覚悟します」

「怒るわけじゃないわよ。第一うちの生徒会は実力主義だから、ハッキリ言って取られる方が悪いわ」

内心ホッとした自分がいる。まぁ悪いのは俺だと思うけどさ。

「じゃあ俺に話ってのは……」

「その前に、あなた生徒会役員ってどうやったらなれるか知ってるかしら？」

いきなりクイズを出されて驚く。そんな事言われても人並みの案しか出てこないのですが。

「選挙とかですか？」

「半分……まぁ人数で言えば三割ぐらい正解ね。それは生徒会長と副会長だけ。他の役員は任命だけど、ある条件があるのよ」

「と言いますと？」

「学科内で主席またはそれに準ずる成績を取る事よ。どこの科でも努力次第では生徒会役員になれるってしておかないと、優秀な人間が入ってこないでしょう？」

「確かに放っておいたら攻性科ばっかりになりそうですね」

納得する。普通に成績上位者だけを集めてしまえば、Aランクの攻性科だらけになってしまうのは自明だ。それでも学科ごとにするなら、誰でも役員になれるチャンスが生まれる。

それは学校という小さな組織でも重要なんじゃないかって思えた。

「そういう事。それで本題なんだけど」

一呼吸置いて、ビッチ先輩が毛先を指で遊ばせながら口を動かす。

「あんた生徒会役員にならない？」

予想外の提案に、思わず息を呑む。

「いや、そのっ俺が……ですか？　別に頭が良いってわけじゃ」

「理解してるわよそれぐらい。Fランの成績に期待してるわけないでしょ」

バッサリと斬り捨てる先輩。まぁその通りです本当に。

「ただ、ある意味主席でしょ？　どうせ全員最低点数なんだし」

「確かに」

もはや言葉遊びや屁理屈みたいな理論だが、一応筋は通っている。

「だからあんた生徒会役員になりなさい。まぁアタシが推薦してあげるのよ、名誉な事なのよ？」

名誉、という言葉が引っかかる。いやそもそもこの提案自体引っかかる事しかない。

「質問良いですか？」

「ええ、許可するわ」

堂々としつつも、若干目が泳いでいる先輩に聞きたい事は沢山ある。

何で俺なんですか、先輩に何か利益があるんですか、そもそも生徒会って何をするんですかとか。

けれどそれはどれも本質じゃなくて、聞くべき事はたった一つ。

「この話、何か裏がありませんか？」

これだ。生徒会副会長がわざわざ俺を誘うなんて、裏があるとしか思えない。

「アホのくせに鋭いわね」

「先輩の表情が読みやすいんですよ……それにこの間の事もありますし、事情さえ説明してもらえれば普通に協力しますよ」

まぁでも、裏があるからといって先輩を手伝わないわけじゃない。

アインランツェの騒動で助けてもらった恩もあるし、何より先輩の事は人として好きな部類だ。

「そう、だったら単刀直入に言うわ」

その四文字熟語にふさわしく、先輩は人差し指をぴんと伸ばし俺の眉間を強く押す。

念じるように、言い聞かせるように。

そして何より溜まりに溜まった鬱憤《うっぷん》を爆発でもさせるかのように。

「あんたはアタシの手足になって……あの憎き会長の金魚のフンを蹴落としなさい！」

あ、内ゲバの鉄砲玉だ俺。

◆◆◆

ここは校舎三階生徒会室、その扉は豪華絢爛《けんらん》。

どこかのお偉いさんの屋敷と見間違うほどの装飾に、思わずたじろいでしまう自分がいる。きっと生徒会というのはそういう人が所属する組織なのだろう。改めて先輩の顔を見れば、なるほど確かにそれっぽい気品がそこはかとなく隠れている。

「会長、失礼します」

「失礼します……」

金魚のフンみたいに、堂々と扉を開ける先輩の後を付いていく俺。あたりを見回せばそこにあるのは扉以上に豪華な調度品の数々。田舎者の俺がそう思えるくらいなのだから、きっと世界に名だたる一級品に違いない。そして豪華な肘付きの椅子に腰を掛け、ニッコリと微笑む黒髪の美少女。

その平たい胸にはどこか見覚えがある、星を象《かたど》ったペンダントが。どこで見たんだっけ？　まぁいいか。

「随分遅かったね副会長。キミの事だからどんな男を引っ掛けてくるかと思ったら……これまた宣言通り偉い人材を連れてきたね」

頬杖をつきながら、鼻で笑う生徒会長。

けれど気品とか中性的な美しさを漂わせるその表情には無邪気の三文字がよく似合う。

「お言葉ですが会長？　少なくとも彼はこの間追放されたメガネ君よりよほど実力があるのは証明済みでしょう？」

棘々しい言葉を臆面もなく口にする先輩。なるほど『あの憎き会長』の言葉に偽りはないらしい。

そこまで悪人には見えないが、きっと性格が合わないのだろう。

「ふふっ、それぐらい承知しているさ」

どことなく犬対猫みたいなイメージが頭を過る。もちろんチョロい方が犬。後ろで縛って上げてるポニーテールも犬のしっぽみたいだしね。

「で、そこの有名人はいつ自己紹介してくれるのかな？」

にっこり笑顔を浮かべながら、すっと俺を指す会長。おっとこれは失礼しました。

「あ、はい……召喚科一年生のアルフレッド・エバンスです」

「私は会長のマリオン・トルエンだ。よろしく……ところで今日はご自慢の召喚獣は連れてないのかい？」

「ええ、読書で忙しいみたいで」

「ふうん、勤勉なんだ」

また一通り微笑んでから、彼女は椅子から立ち上がる。

「では私の推薦する候補者にも自己紹介してもらおうかな？」

そしてパチンと指を弾けば、教室の隅に置かれたパーティションから一人の少女が顔を出した。

「ようやく……ようやく会えたわねFランク！」

赤毛でショートカット、少し小柄な一年生。

……初めて見る顔だがようやく会えたとはどういう事かな。

「えーっと」

「攻性科一年生ローレシア・フェニルよ。まさかこの名前に聞き覚えがないなんて言うんじゃないでしょうね？」

あるかなぁと顔を見つめてみる。美人というか可愛い系だな、この顔は。

「……もしそうだと言ったら」

「殺すわ」

冷たい視線に氷のような言葉が刺さる。俺恨まれてたりするのかな、身に覚えはないんだけど。

「まぁまぁローレシア、物騒な言葉なんてキミらしくないじゃないか。ほら役員候補者同士で握手」

諌《いさ》める生徒会長が、笑顔で俺とローレシアさんの肩を叩く。いやまぁ、彼女の殺意はきっと勘違いだろう。それを解くためにはやっぱり挨拶って重要だから。

「はじめまして」

——笑顔でそう手を差し伸べた。

「……殺す！」

返ってきたのは平手と殺意の籠った言葉。何故なのか、俺には理解できない。

「ちょっ、ちょ、ちょっと良いかしら!?」

何故か焦った顔の先輩が俺の肩を思い切り掴んできた。

いや聞いてくださいよチョロチョロビッチ先輩、この女いきなり平手打ちしてきたんすよ。

「あんたねぇ、いくら何でも喧嘩売るの早すぎるわよ！　しかも何で煽るの妙にうまいのよ！」

「いやだって本当に知らない人に叩かれて……」

「はぁっ!?　本当に覚えてないのね……ほらアンタが入学式で助けられたとか言ってたじゃない！　その子よその子、会長の親戚筋なの」

思い出す。

ここ最近記憶を探る事にろくな思い出が一つも無いが、それでも必死に頭を捻る。まぁでも謝罪文で誰かの名前を言ったような気もするし、この人の顔もどこかで見かけた事があるような。廊下とかかな？

「あー、そういえば確かに見覚えが」

……というわけで嘘をついた。俺だってそれぐらいの社交性は持っているんだぞ。

「よし行きなさいアルフレッド、喧嘩はまだ早くてよ」

「はい先輩！」

よし挨拶をもう一回だな、また握手に挑戦するぞ。

「えーっと、お久しぶりです」

「ええ、貴方に会える日を首を長くして待っていたわ」

「そうだったんですかぁ」

手を握り返してきたローレシアさん。でも結構強めに握ってるよね、痛いね。何でだろうやっぱり恨みが籠ってるな。だが挨拶と握手まではできた。次は世間話あたりかな、えーっと当たり障《さわ》りのない話題と言えば。

「ところで髪切りました？　ロングヘアーだったような」

「殺す！」

いきなり残った手で胸ぐらを掴まれた。何で駄目なの？　女性に髪切ったって聞くの殺されるレベルなの？

「まぁまぁまぁ抑えて抑えて」

「マリオン会長どうして止めるんですか！　今すぐこの男を殺させてください！」

会長が暴れそうになるローレシアさんを羽交い締めにする。

そこまで怒るような事言ってないと思うんだけどな。

「あのねぇローレシア、生徒会役員はそんな物騒な方法で選定しないの」

「じゃあどうするんですかマリオン会長！　この男を地獄に落とすには何をすれば良いんですか！」

ひどい言われようだ、やっぱり人間関係って嘘つくのが良くないのかな。

「では早速、対戦方法を発表しようか！」

それにしてもこの会長、随分とまぁ楽しそうで何よりである。

◆◆◆

俺達は生徒会室を離れ、何故か校庭に集められていた。

「その前に、二人とも……生徒会役員として何が大事か知ってるかい？」

得意げな顔で腕を組み、会長がそんな事を聞いてくる。

そんな事言われても興味なんて全く無いので、一応あたりを見回して共通点を探ってみる。

「えーっと……何だろ、顔とか？」

全員顔は良いから多分合ってるな。

「はいマリオン会長！　やはり生徒の代表として尊敬される事が一番です！　つまり今年度の入試で主席であり攻性科の私こそがふさわしいのです！」

背筋と右手をぴんと伸ばし、張り上げた声でべらべら喋るローレシア。頭良さそうだもんなこの人。

「ふっ、どちらも正解であり間違いだ。だが本当に大事な事は何か理解していないようだね」

悔しがるローレシアだったが、その辺の匙《さじ》加減が全くわからない。きっと俺とは感性が違うのだろう。

「心、技、体……そのどれもが求められる。何か一つ優れているだけでは、生徒会役員として不適格と言わざるを得ないね」

絶対嘘だ、この人は遊びたいだけだ。いや正確には人で遊びたいだけだ。

「そこで君達が競うのは、心技体全ての要素が求められる……これだっ！」

と、いつの間にか用意していた移動式の黒板に大きく文字を書き始める会長。

「借り物競走！」

何この雑な選定方法、絶対ふざけてるでしょこの人。

「わかりましたマリオン会長……不肖《ふしょう》ローレシア・フェニル、あなたの期待に必ず応えてみせます！」

涙を流しながら叫ぶ不肖ローレシアさん。ちょっと怖くなってきたぞ。変な宗教みたいじゃないか。

「借り物競走かぁ」

なんて呟けば駆け寄ってくるビッチ先輩。そして俺の襟を掴んで耳打ち一つ。

「いいことアルフレッド・エバンス、どんな手段を使っても勝つのよ」

「借り物競走で？」

必死すぎません？　レクリエーションですよねこれ？

「ええそうよ、どんな汚い手を使っても構わないわ」

「確認しますけど、役員に必要なんですよね？」

「そんなもの選挙には糞《くそ》の役にも立たないわ」

やだ何て事言うのこの人、だから会長に選挙で負けるんだよ。

「それじゃあ位置について……」

「ほら馬鹿、始まるわよ！」

尻を叩かれ、いつの間にか引かれていたスタートラインの前に立つ。地面に両手をついて、片膝を軽く折る。

「用意！」

全くやる気が出ないが仕方ない。曲がりなりにも、あの卑怯《ひきょう》で狡《ずる》いチョロチョロビッチ先輩に手伝うと言ってしまったのだ。

どうして暇な授業を抜け出してしまったのか、せめてエルの本でも借りれば良かった。

「ようアル！　何か面白そうな事してるな！」

――と思ったらアルが出てきた。

一番最初のあの小さなドラゴンの姿で、ローブの襟元から顔を出してきた。

「うわっ!?」

ので思い切り転んでしまう。いや出るなら出るで一言ぐらいあってもいいと思うんだけど。

「ドンッ！」

無情にも鳴った始まりの合図。

土埃を上げて走っていくローレシアさんを見て、俺はため息しか出なかった。

◆◆◆

「説明しよう！　生徒会役員選抜借り物競争は三つの関門が用意されているのだ！　まずは心の関門！」

大声を張り上げる会長を尻目に、立ち上がって土埃を払う俺。

……それから一呼吸置いて一言。

「いやエル、お前ここで何してんの？」

「いや楽しそうな事やってんの窓から見えてな……本を読むのも飽きたしな」

「そうなんだ、勉強になった？」

少し歩を速めて進んでいく。

正直、全力疾走するような競技ではないように感じていたから。

「どうだろうな……ま、大した事は書いてなかったさ。それよりアル、そろそろ第一関門だぞ」

第一関門と言えば聞こえは良いが、雑に係員らしき生徒会役員と穴の開いた少し大きな箱が置かれているだけ。

「ま、召喚獣使うなって言われてないし……手伝ってもらおうかな」

「おう任せとけ！」

反則と言われたらその時はゴネようと決心して、小走りで進んでいく。ちなみにローレシアはもう箱からくじのような物を引いて借り物を探しに行っていた。なるほどあの紙に持ってくる物が書いてあるのか。

「はっ、独り言なんてFランク様は随分と余裕みたいね！」

「お、見ろよアル。あいつ髪の毛焼けたからショートカットになってるぞ」

「あいつって……知ってる人？」

エルが笑い声交じりにそんな事を言うのだから、思わず聞き返してしまう。

「お前らを襲ってきた奴だろ？」

「あー……」

そこで完全に思い出す。

オリエンテーションの時に召喚科に喧嘩を売ってきたと思ったら返り討ちにあった、あの攻性科の人か。髪はエルの魔法で焼けたんだな、うん。そりゃ死ねって言われるわ俺。

「アーッハッハッハ！　先手必勝よぉ！」

ご機嫌に駆けていくローレシアさん。まあ心の傷とかは無さそうで何より。

「残り物には福があるってね」

遅れて第一関門にやってきた俺は箱の中からくじを引く。ローブのポケットに入ってる物なら助かるけど、ゴミしか入ってなかったなそういや。

で、開く。エルと二人で覗き見れば、思わずほくそ笑む。

『バカ』

「俺が……借り物だ！」

係員らしき人の前で紙を突き付け叫ぶ。これ以上のないバカがローブのハンガーになっていたのだ。

「認定！」

「よし！」

叫ぶ係員、思わず唸《うな》る俺。いやこれ喜ぶべきものじゃないのか、もしかして。

「ちょ、ちょっといきなり……ズルよズル！」

丸太を引きずっているローレシアが叫ぶ。うわ借り物にあんな物まで入ってるのか、次から気をつけようっと。

「さあ次は……技の関門！　どうする一歩リード中のアルフレッド・エバンス！」

「この調子で行こうぜアル！」

「いやこの調子はちょっと傷つく」

会長の声に励ましてくれるエル。次はアホって書いてあったら、流石にシバを呼んでこよっと。

少し小走りしたら到着しました第二関門、やっぱり雑で係員らしき以下略。とりあえず箱に手を突っ込み、珍しく神に祈る。

「頼む……重くない奴！」

そして選んだ一枚の紙、開かれたその文字列は。

『処女』

違う意味で重かった。まあでもうん、楽な借り物でよかった。

「ビッチ先輩、ちょっとこっち来てください」

「何？　美人とか尊敬する先輩とか？」

「そういうの良いんで早く」

「……はいはい」

どんな手を使ってでもと言っておいて、不満そうな顔でちんたら歩いてくるチョロチョロビッチ先輩。彼女には見えないよう、お題を係員に見せる。

「はい認定！」

よし、この紙は破いてポケットに突っ込んでおこう。

「先輩助かりました」

「あ、ちょっとその紙見せなさい！」

無視して走り出す俺。

　ここまで来ればあと一歩、少しぐらい急いだってバチは当たらないだろう。

「なっ、どんなインチキよ！」

「あいつ意外と大変だな」

　抗議するローレシアは、ようやく係員に丸太を見せていた。その額には汗が滴り肩で大きく息をしている。

「ったく張り合いのない相手だな……アル、もうさっさと終わらせようぜ」

「だね」

　エルの言葉に頷いて、第三関門まで一直線。箱に手を突っ込んで、やっぱり神に祈ってみる。

　今度は小さい物が良いなと。

「じゃ、最後のお題はっと」

　紙を開ける。なるほどそこに書かれていたのは、確かに小さな物だったけど。

『叡智の欠片』

　何、この俺だけ触れない謎の道具。

「……詰んだわこれ」

　そもそもどうやって運べば良いんですかね。

「何だこれ？」

「ああ、エルに言ってなかったっけ。生徒会の人が着けてるバッジなんだけど、何か俺が触ると消えるんだよね。アインランツェの時みたいに」

「あーあれか」

簡単に説明すると、エルが頷いてくれた。

「それに貸してくれそうな人はもういないしね……」

すいませんビッチ先輩また貸してください、というのは流石に無理だろう。この間の騒動の時に、俺が叡智の欠片を触って消滅させたのは見ている。

それに派閥争いで自分の席がなくなるなんて間抜けすぎる。あとは他の生徒会役員に来てもらう……という考えが頭に過るがおそらく難しいだろう。今回は前二つのお題の、人と違って物だし、係員は中立だろうし会長は俺を勝たせたくないはずだ。

「布越しとかなら大丈夫なんじゃないか？　試したか？」

「試すにも現物が無いと」

「いや無いって事はないだろ？　そうだな……生徒会室とか」

閃いたアルが提案するが、俺は首を傾げるだけ。

「でも貸してもらえるかなぁ」

運良く事情を知らない生徒会役員がいて、事情を話して貸してくれる、なんて事はなさそうだ。

「は？　何言ってんだよアル、こういう時は……盗むに決まってるだろ」

決まってないです、と返したかった。

けれど他に手段なんて無い俺は、そのまま生徒会室に向かって走り出すしか道は無かった。泥棒ってやっぱりバレたら生徒指導室送りなのかな、なんて些細な疑問を頭の隅に追いやりながら。

◆◆◆

「おじゃましまーす……」

恐る恐る生徒会室の扉を開く。

よし、中に誰もいないなと安堵するものの、すぐに緊張感が襲ってきた。さっき来た時とはまた別の種類の緊張感だ。手汗凄い。

「全員出払ってるみたいだな……お目当ての物を探しますか！」

ローブのフードから飛び出したエルが、空中でぐるっとあたりを見回して一言。

「その姿で？」

と、ここで一つの疑問が浮かぶ。

人間の部屋を漁《あさ》るなら人間の姿の方が適してるんじゃないかという素朴な疑問が。

「視点が高い方が色々都合良いんだよ。それに抱えきれないほどの金銀財宝運ぶってわけでもないしな」

「運んだ事あるんだ」

少しうらやましい経験だ。

金と銀は一応見た事あるが、ついでに財宝も一纏めに置かれているのなんて見た事はない。

「そうそう、あの時はお前が計画立てて、部下に突入させてオレがごっそりかっぱらって……懐かしいな」

部屋の中をぐるぐると飛び回りながら、感慨深そうに言葉を漏らすエル。

へーそうなんだと部屋を物色する俺だったが、ふと気になってカーペットをめくる手を止めた。

「お前って、その……大賢者？」

「他に誰がいるんだよ」

まぁそうですよねと納得しかけて、何だよここの床、変な模様だなと思ってやっぱりまた手が止まる。

「え、盗み？」

何とエルが言うには、大賢者アルフレッドは強盗の計画を立てた事があるらしい。

いや、そんなの流石に聞いた事ないんですけど。

「なーに、ちょっと悪党を懲《こ》らしめてやっただけさ……まぁあの時のお前はすげー楽しそうな顔してたけど」

「イメージと違う」

世間一般の大賢者のイメージは、いかにも真面目で誠実な好青年。実際、彼の本の挿絵もだいたいそんな感じで、盗みを働くなんて吹聴すれば、卒倒《そっとう》する人だっているだろう。

「そうか？　今のアルも楽しそうだけどな」

そんな事ないよ、と言いかける。言葉の代わりに口元に手をやれば、口角が少し上がっている事に気づいた。内心面倒くさいなと思いつつも、今の状況をどうやら楽しんでいる自分がいるらしい。

……実感はあまり無いけど。

それからしばらく無言で手を動かす。この本棚の赤い本を動かせば地下室への扉が、なんて下手な冒険小説みたいな事は起きない。ただ地味に部屋の中をぐるぐる回って怪しい所を探すだけ。

「なぁエル……俺ってやっぱり大賢者アルフレッドなの？」

ふと気づけば、そんな言葉が漏れていた。

前に聞いたかどうかすら忘れた、ひどく単純で当然の疑問を投げかける。

さっきの話も、エルはそんな風に話していたけど納得できない自分がいる。

「当然」

間髪容れずに返ってきた言葉に、また新しい質問が頭に浮かぶ。

「常識的に考えれば生まれ変わりとか？」

例えばエルが、歴史上の魔王だって事はまだ納得できる。けれど万が一、俺が本当に大賢者だとして、年齢は何と六百歳ちょっと。どう考えてもそんな年齢じゃないし、何より子供の頃から今日までの記憶はある。両親の顔だって、きちんと覚えている。

「さぁな、その辺は知らんぞ。何せお前はオレに一言も言わないで消えたからな」

返事は肯定も否定もしないものだった。そうだと言ってくれたなら、少しは気楽になったのだろう。

「もう一個質問。俺のどの辺が大賢者なの？」

「そりゃお前、オレを召喚できただろ」

一番自信のある声で、エルがそう言い切った。

「他の人って召喚できないの？」

「お前が死んだら契約切れて、再契約したらそいつができる……んだっけな。まぁ契約切れた事ないけど」

何だそれ、じゃあ冷静に考えて大賢者アルフレッドは生きてるって事？　でも年寄りじゃない俺をエルが本人だうんぬんって……駄目だこんがらがってきた。

「やっぱり……今一、釈然としない」

「どうしてだ？」

「どうしてって、自慢じゃないけど俺は田舎者でこの学園もギリギリ合格したFランクだよ？　それが魔法の始祖の大賢者だーって、普通信じられないというか……でも」

今度は俺が答える番だった。口から出てくる言葉の数々はどこか客観的なものだったけれど。

「別人ですって言われるのは、少し堪《こた》えるかな」

最後の一言だけは、今日まで目を背《そむ》けていた感情をようやく言葉に出来たものだった。

たとえどれだけ立派な人だと言われても、どこか彼女の言葉や好意は自分を素通りしているような気がしていた。

「そっか、それは……悪かったな、謝るよ」

「あ、いやエルが悪いわけじゃないんだ。ただ身に覚えのない記憶があったり……ごめん、少し疲れてるかも」

しゅんとする彼女に思わず雑な言い訳をする。謝罪の言葉が欲しかったわけじゃない事だけは理解して欲しかった。

「帰ったら膝枕してやろうか？」

「やめとく、癖になりそう」

「オレは構わないぞ？」

「俺は構うの」

「何だとっ⁉　じゃあ今すぐやろうぜ！」

エルと交わす冗談は少しだけ重くなった心を軽くしてくれた。いや、本人にとっては大真面目なんだろうけどさ、その証拠に思いっ切りこっちに突撃してきてるよね。華麗に回避、しようにも机の脚に足を取られてすってんころりん転ぶ俺。

「あ」

ドンッ、という背中を打つ音が生徒会室に響くが、今はそんな事は気にならない。

偶然倒れた目線の先、山積みの書類の土台になっている簡素だが硬そうな金属製の箱、っていうか金庫を発見した。

「金庫あったわ」

指させば、エルが羽ばたき書類を吹き飛ばす。散乱する紙の山はどう見ても泥棒が入った跡だが、まぁ今更気にしない。

「よしっ、開けるか」

「でも鍵な」

「食らえドラゴンキィーーーーーーックッ！」

さて次は鍵はどこかな、なんて常識的な考えは、エルのドラゴンキックによって金庫の扉ごと吹き飛ばされた。

……何だよドラゴンキックって。

というかそんな小さな体のキックで、そんな破壊力あるのおかしくないかな、それより事後処理については。

「……後でビッチ先輩に何とかしてもらおう」

――お菓子とか差し入れしよ。

ドラゴンキックでひしゃげた扉を、何とかエルと協力して引っぺがし、ようやく中身を検《あらた》める。

だが都合がいいのはここまでで、そこに入っていたのは琥珀色の欠片ではなく一枚の紙切れだけ。

『はずれ』

手に取って読み上げる。はずれって、まぁここには無いよって事だろうけど。

「何だこれ」

エルが首を傾げるので、少しだけ頭を働かせる。

要は叡智の欠片はここにはありませんという事実を知らせてくれているのはわかる。けど何故だろう、この筆跡に見覚えがある。一昨日とか昨日じゃない、本当についさっき目にしたような。

ああ、思い出した。

「あーあ残念、アルフレッド君は生徒会役員に選ばれませんでしたとさ」

いつの間にか生徒会室によく似合う声が響いていた。その声の主は顔を向けなくたってわかる。

「……会長」

マリオン会長は生徒会室の扉に背中を預けながら、ニッコリと微笑んでいる。

「残念ながら時間切れだよ。いやぁ残念、第三関門の借り物は見つけられなかったようだね……またの挑戦をお待ちしているよ」

わざとらしい喋り方に少しだけ苛立ち、気づけば小さく舌打ちをしていた。それに気づいた会長は、やっぱりわざとらしく驚いてから、両手を広げて頭を振った。

「それにしてもひどいじゃないか、いきなり備品を壊すだなんて」

「これにはその深いわけが」

「深いわけって何だい？　この茶番が私の仕込みで、わざわざ君に因縁のあるローレシアに声をかけ、単純な副会長がキミを呼んでくるよう焚《た》き付け、ついでにくじを操ってた事より深いわけがあるのかい？」

種明かしをしてくれる会長。わかってる、自分が嵌《は》められた事に気づかないほど馬鹿じゃない。

「無いですね」

「素直でよろしい」

だがその説明には、一番重要な事が伏せられている。それぐらいはわかる、ローレシアさんとこの人が通じているなら、狙いはさっきからそこに浮いている。

ドラゴンの捕獲《ほかく》だ。

「何だお前、人の旦那に手を出そうと」

「エル、ここは」

飛び出そうとするエルを手で制止すれば、会長がクスクスと笑い始める。この、人の神経を逆撫でするような対応、ビッチ先輩と仲が悪い理由がよくわかる。

「ふふっ、思ったより聡明なんだねキミは」

「いくつか質問いいですか？　そうですね、借り物競争の残念賞って事で」

「はいどうぞ」

落ち着くために深呼吸をする。何でもいい、適当に話を延ばさなければ。

「俺を普通に呼び出さなかった理由は何ですか？　生徒会長ならそれぐらい簡単でしょう」

「人目につきたくなかったからさ。キミと秘密の逢引《あいびき》がしたくてね」

今俺が取るべき行動は、正面突破か撤退の二つに一つ。冷静に考えればエルの火力をもってすれば前者は容易なはずだ。けれど会長のあの態度、それは下策だと教えてくれる。

だから逃げる。

動機なんてものは後から調べればいい。どこだ逃げ道は、三階だぞここは。

「もう一つ質問です。秘密の逢引だなんて、まさか愛の告白でもするわけじゃないですよね」

「その通り……あっ、ここは嘘でもそうだって言っておくべきだったかな？」

「結局ローレシアさんが生徒会役員になる」

「ねぇキミ、そろそろ本題に入らないかい？」

駄目だ、逃げ道なんて見つからない。横目でエルに視線を送れば、目と目が合って頷いた。正面突破しかないと、その目は確かに主張していた。

「本題って何ですか……ね！」

適当な書類を掴み、会長に向かって投げつける。エルはそのまま羽を広げ、炎の槍を呼び出した。

狭すぎる生徒会室のせいで、すぐに書類に引火する。

「何だ、よくわかってるじゃないか」

けれど、よく響く会長の声に焦りの色なんて無かった。ただ冷静に一歩踏み出し、カーペットに足を乗せた。

瞬間、床が光った。

正確には、生徒会室の床に隠されていた魔法陣が発光した。炎が消え去る。まるで何事も無かったかのように、一瞬にしてエルの魔法は掻き消された。

いや違う、本当に何事もなくなったのだ。燃えたはずの本も、舞ったはずの書類も元の位置へと戻っている。

――だから今、何も起きなかったのだ。

「……おい」

低く唸るような声をエルが発する。

「テメェ、自分が何をしたかわかってんのか？」

隠そうともしない怒りと殺意に、俺の頭は付いていけない。何が起こったかを考えようにも、何をされたか理解できない。

「禁呪を……どこで知った！」

それでも会長は、マリオン・トルエンは小さく笑う。

「怖いなぁキミの召喚獣は……ふむ、わからないって顔をしてるね。そうだなせっかくだし少し話そうか。残念賞欲しいだろう？」

今度は会長が話の腰を折る番だった。逃げ場も無く、エルの攻撃が封じられた今できるのは頷く事ぐらい。

「本題は良いんですか？」

それと精一杯皮肉を込めて、悪態をつく事ぐらいか。

「これが本題さ……それにもう逃げる気は失せただろう？」

逃げ道を封じておいてよく言うなこの人は。

「そもそもキミは、魔法って何か知ってるかい？」

勿体ぶった態度でそう尋ねてくる会長。その余裕たっぷりの笑顔には苛立ちが募ってしまう。弄《もてあそ》ばれているような感覚に腹が立たないはずもない。

「学科分けの分類の事ですかね」

「そんな単純な……いや違うな、むしろこれからするのは、もっと単純な話なんだ。まずはそうだな……私達が使ってる魔法そのものって何だろうって話さ」

言葉を続ける会長。どうやら自分のご高説を披露したいらしい。

「魔法ってのはね、ただ再現をしているんだ。かつて大賢者アルフレッドが使った魔法の、後塵《こうじん》をただなぞっているだけの話……ようは六百年前に彼が作った一つのやり方」

「それがどうしたんですかね」

「さてここで問題だ。大賢者が現れる前に似たようなものは無かったと思うかな？　小麦畑も無いのにピザが湧いてくるような事が……本当にあるかな？」

「それが今、会長が使った奴ですか？」

「そう、これが禁呪。便利だろう？　魔法よりもずっとさ」

便利かどうかの判断は俺にはできない。何せ何が起こったのか、理解すらできないのだ。

「だからどこで知ったかって聞いてんだよ」

今度はエルが悪態をつく番だった。ああ今この部屋で使われたのは、大賢者によって封印された禁呪とやらなのだろう。エルはそれを知っているからこんなにも感情を剥《む》き出しにしていると。

「決まってるだろう、本人に聞いたのさ……正確に言えば本人の記憶にね」

　ローブの裾から琥珀色の塊を取り出して、会長はニッコリ笑う。それは俺達が泥棒まがいの事までして探していた物だった。

「叡智の欠片」

　欠片、という言葉は似つかわしくない。

　赤子の頭ほどある、岩石のようなそれは淡い光を放っている。叡智の原石、とでも言うのが正しそうだ。

「こいつはね、膨大な魔力を秘めているけど……それはあくまで副作用みたいなものかな。実際は大賢者アルフレッドの記憶の結晶で、それを読み取れる人がただいたってだけの話さ」

　もしかすると俺のように、叡智の欠片に触れたら消滅させてしまう人間が他にいるのか。

「そいつを出せ」

「心配しなくても、キミは呼んでくるよう頼まれていてね。けれどそっちのFランクは……邪魔なんだよなぁっ！」

　殺気。ようやく目の前にいる人間の、本当の感情を垣間見たような気がした。

「アル！」

　再び炎の槍を呼び出す。だがそれは一瞬で掻き消される。

「残念！　キミの弱点ぐらい……わかっているさ！」

　さらに紋章が光り、今度はエルの体が静止した。宙に浮いた彫刻のように彼女はピクリとも動かない。

「そんな」

切れ切れの声を発しても、もう会長は目前まで迫っていた。伸びてきた右手が勢いよく俺の首を掴む。異常なまでの力の強さに呼吸が一気に苦しくなる。

「じゃあねアルフレッド君。キミの事は自主退学にでもしておくよ」

一気に意識が遠のき始める。

こんな目にあってようやく、自分がロクでもない事態に巻き込まれていたと実感する。ドラゴンという存在は、いや魔王エルゼクスとはそういう存在だったのだと。けれど何かを考える前に、思考が薄れていくのがわかる。

景気よく走馬燈でも時系列順に回ってくれれば、死ぬ間際に自分の正体について思い出せるかもしれないが、そんな都合の良い事は起きない。

思い出すのは、ただ故郷の風景だけ。草原にある木の下で、昼寝をしていた時の記憶。つい寝過ごしてしまう俺を、起こすのはいつもの声。

――ワンッ。

少し高い相棒の鳴き声はいつも、目覚ましにちょうど良かった。

「何でここにっ!?」

力が緩まる。

ぼけた視界が捉えるのは、会長に食らいつく白い子犬。

……ああ、何だ学園長か。

「くそ、お飾りの犬の分際で！」

思い切り学園長を蹴飛ばす会長。ああ良かった、犬だと思っているのは俺だけじゃなかったんだな。けれどその行動は最悪だ。愛犬家ってわけでもないが、どうやら犬を飼っていたらしい俺には腹立たしい光景でしかない。

いや……俺犬なんて飼ってたか？

「おいおい、そいつは聞き捨てならないな」

けれど宙を舞った学園長が、地面に激突する事はない。聞こえてきたその声は、俺に安堵のため息をつかせるには十分すぎた。

「生徒会長なら形だけでも学園長を敬ったらどうだ？」

「ライラ先生」

俺の顔を見れば、ため息の代わりに思い切りくわえていたタバコから煙を吐き出す先生の姿。

けれど流石に今回は、生徒指導室に連れていかれるのは俺じゃないだろう。

「あら先生、それを言うならここは禁煙ですけど？」

けれど一人と一匹の闖入者に彼女は動じたりしない。結局エルを封じられるほどの魔法を彼女は使えるのだから。

「ああ、そうか」

だが先生は冷静で余裕だった。少し口をすぼめて、会長めがけて煙を吹きかける。

わざとらしく咳き込む会長を見て、先生は顔色一つ変えやしない。

「お前にはこれが、ただの煙に見えるんだな」

「何を」

瞬間、煙が光った。不規則に見えた煙の方々が紋章として浮かび上がる。そこから延びる魔力の鎖が会長に巻き付いて動きを封じた。

何だこの人、煙で紋章作るとか化け物かな。

「お前のその便利そうな奴の弱点は……本人が弱すぎるってところだな」

「くそっ！」

いや先生が強すぎるんじゃないですかね、という言葉は呑み込む。

不意打ちであったにせよ、どちらが勝ったかなんて誰が見てもわかる状況。

「ははっ、いつもみたいに笑えよ、面白いだろ？」

先生が煽れば、歯ぎしりをかます会長。それを見て楽しそうに笑う先生、拘束が解けたエル。形勢逆転という言葉がよく似合う状況で、彼女は叡智の欠片を握りしめる。

「くそっ……次は必ず！」

閃光が視界を奪った。

光ったのはあの手に持っていた物で間違いないだろう。

無理やり魔力を注ぎ込んだような不格好な物だったが、少なくとも俺達全員に一瞬の隙を生ませるには十分すぎるものだった。徐々に戻っていく視界からは、もう会長の姿は消えていた。

さっきの気の利かない言葉は捨て台詞だったのだろう。

「逃げた」

「逃げた、じゃないだろアルフレッド。自習の時間に教室出るなよ」

「ライラ先生、すいません」

素直に頭を下げれば、それ以上追及される事はなかった。それから下げた視線が捉えたのは、嬉しそうに尻尾を振る学園長の姿。

「学園長もありがとうございます」

嬉しそうに吠える学園長。犬だけど助かりました。

「しかしまずい事になったな……もう少し泳がせたかったんだが」

「なあ、事情を説明してもらえるか？」

首を傾げる先生にエルが生徒らしく説明を求める。けれど返ってきたのはいつものように気だるそうな返答だ。

「事情より結果だけ教えようか」

タバコを一口吸い込んでから言葉を続けるライラ先生。勿体ぶってるなこの人、会長の真似でもしたくなったのだろうか。

「明日から召喚科は」

また言葉を止める先生。けれど頭を駆け巡った言葉は決して嬉しいものではない。なくなるとか、生徒指導室で授業だとか、それとも全員退学とか？　駄目だネガティブな事を連想させる根拠があまりにも多すぎる。ついでに俺自身の身に覚えも。

「林間学校に行く！」

思わず崩れ落ちる俺。え、林間学校？　まだ入学したばっかりですよね？

「……何で？」

あのですねライラ先生、俺殺されそうだったんですよ見てましたよね、とか会長追わなくていいんですかとかそんな当然の疑問が次々浮かぶ。けれど先生は何も答えず、生徒会室を後にするだけだった。

――どうしよう林間学校、寝袋とか持ってないんだけど。

第六話　林間学校≒ダンジョン

揺れる二頭立ての馬車の中、膝を突き合わせる俺達召喚科の面々。

「林間学校って何するんですかね？」

「そうだね、召使いに聞けば、自然の中で集団生活を営む事で協調性を身に付けるものだと返ってきたね……実際のところ野営らしいが、名門フェルバン魔法学園ならそれだけじゃないだろうね」

「困った、枕変えたら寝れなくなる」

「ファリン君はいつも寝ていると思うのだが」

「それは昼寝、今のは夜の話」

いやね、和気藹々としているのは良いんだけどさ。

「あのー」

その前に聞きたい事とかあるんですよね。何普通ににこやかに会話してるんでしょうね君達は。

ファリンですら珍しく起きてるというね。そういえばそんな声だったたね君。

「そうか、睡眠は大事だな……でもこうは考えられないだろうか？　どんな環境でも寝るというのも訓練の一端ではないかと」

「なるほど」

「フッ、我が眷属《けんぞく》どもよ……その前に決めなければならぬ重要な議題がある事を忘れてはいないだろうか!?」

「えーっと、部屋割りならぬテント割りですか？」

突然立ち上り右手を広げ、堂々と大声で叫ぶエミリー。立つと危ないよ？　いやそれより。

「あのさ」

「違うっ、林間学校といえば野営、野営といえば自炊……となれば今晩の夕餉《ゆうげ》が黄金の河たるカレーである事は明白！　であるならそう、辛さを決めなければならぬのだっ！」

はいまた無視。カレーの辛さより大事な話あるよねわかるかな？

「えーっと、みんなが美味しく食べられる辛さが良いと思います」

「我は甘口を所望するぞ」

「甘口……？　それは香辛料の貿易で財を成したイシュタール家に対する挑戦と取って良いのかね？」

「絶対激辛、辛くないカレーはカレーじゃない」

「何っ、あの甘さこそがカレーの秘めたる輝きそのものだというのに！」

ああもうカレーの辛さなんて真ん中くらいでいいだろうっての。

「あのーっ！」

声を張り上げれば、ようやく馬車の中が静かになる。よかったよ俺の事に気づいた。シバなんかね、神妙な顔になってくれたからね。流石話がわかるね。

「……アルフレッド君、まさか中辛とか言うんじゃないだろうね？」

どうでも良い話題で神妙になっているだけでした。

「その前に一つ確認したいんだけど……何で誰もいきなり林間学校って言われて疑問に思わないの

かな⁉」

生徒会の役員候補選抜のいざこざがあって、突如俺の命が狙われたのが昨日。こんなタイミングでいきなり林間学校だなんて、何かあると考えるのが自然だ。

「えーっとですね、本当はもう少し先らしいんですけどライラ先生が気を利かせて早めてくれたみたいですよ？　ほら、わたし達何かとトラブル続きでしたし……」

昨日の帰り、召喚科全員に対して行われた説明は一応筋が通る内容ではある。けれどそれは、どこか取り繕ったようなものに感じるのは俺だけじゃないはずだ。

「まぁ良いじゃないかこれぐらい。どうせ授業も自習が殆どだし、グリフィードを思い切り外で遊ばせたかったからちょうど良かったよ」

「フッ、我が愛猫の名前付けも切羽詰まっていたところ……これはまさしくリフレッシュ休暇に違いない」

シバとエミリーがそれぞれ頷きながらそんな事を口にする。昨日生徒会長に殺されそうになったんだけど、と言えば神妙な顔つきになってくれそうだが、そういう事をして欲しいわけでもなく。

「気になるなら先生に聞けばいい。今はカレーの辛さの方が大事」

ファリンがその通りな事実を口にする。横目で先生を見れば諸事情によりため息しか出てこない。

「そうだ、君達このマイガラムマサラが目に入らぬか！」

シバはポケットから香辛料の詰まった小瓶を突き付ける。それは晩飯の時にでも出してね。

「……エルはどう思う？」

クラスメイト達に意見を求めても埒《らち》が明かないので、隣で腕を組みながらうたた寝をするエルの鼻提灯を突いてから聞いてみた。

「そうだな」

眠そうな目をこすりながら、ゆっくりとエルは口を開いて。

「中辛で作って自分で調味料足せばいいんじゃないか？」

――この論争に終止符を打つ発言をしてくれた。もちろんカレーの辛さ論争である。

「……ちょっと先生に質問してくる」

やっぱ駄目だ怖いけど先生に聞いてこよう。ちなみに聞かずにいた理由なんだけど。

「難しいと思いますよ？」

ディアナの言う通りである。先生の足元にはワインの空き瓶が三本転がっており、いびきをかいて寝息を立てているのだ。

……ちなみにまだ朝である。

「あの先生」

「お、着いたか？」

「まだです、それより聞きたい事があ」

「チッ」

舌打ちをしたライラ先生、そのまま夢の世界へご帰宅。なのでもう一人の引率者に声をかけてみるものの。

「学園長、事情とか知ってます？」

「ワンッ！」

返ってくる嬉しそうな鳴き声。そりゃ学園長だもんな、仕方ないか。

◆◆◆

さらに馬車で走る事一時間と少し。途中車内で弁当を食べ、何やかんやで着いた先は林間学校にふさわしい森に囲まれた芝の原っぱ。一応井戸と小さな小屋はあるが殆ど人工物らしきものは無い。つまるところ俺の田舎と大して変わらない景色が広がっていた。

「よし着いたなぁっ……たま痛ぇ。夜はカレーだ、適当にテントとか張ってカレー出来たら起こせよ以上だ」

それだけ言い残して先生はまた馬車の中に戻り、学園長を枕にして眠りについた。

もはや教育者としての面影はない、ただキャンプで遊びに来たけど酒飲んで潰れただけの成人女性である。

休日かな。

「とりあえず……テントの準備しようか」

まぁここまで来れば仕方ない、林間学校に挑むとしよう。カレーの辛さはどうでもいいとして、寝る場所が無いのは困るな。

「いやその前に薪《たきぎ》を集めた方が良いんじゃないかな？　やはり火をおこして困る事はないと思うよ」

「あ、わたし料理なら得意ですよ」

「クックックッ、リンゴと蜂蜜が織りなすハーモニーに震えるがいい……！」

「寝袋どこ」

　各々の意見を口にする召喚科の面々達。俺はとりあえず黙る事にしたが、ああでもないこうでもないと互いの意見を主張し合う。どうしようかな、一人じゃできない作業いくつかあるだろうし。

「おらっ……テメェら！　そんなバラバラに行動してどうする！」

「エル」

　と思ったら、いつの間にか起きてたエルが、これまた手頃な木の棒を掴んでそんな事を言い出した。

「エル？　違うな、今のオレはそう……監督だ！」

　また知らない役職出てきた。

「はい監督！」

　敬礼するクラスメイト達。みんな元気だなぁ。

「よしまずは晩飯の下準備はシバとディアナだな。この人数の調理をするんだ、男手はあった方が楽だな……で、ファリンとエミリーはテントの設営だな。ワンポールだからそこまで難しくないはずだ」

　テキパキと指示をするエルに皆それぞれ従い始める。こういう指揮を見てると魔王って事が嘘じゃないんだなって思ってしまう。

「いや、俺は？」

　そういえば名前呼ばれてないなと尋ねれば、エルが良い笑顔を返す。あとどこからか小さなボールを一つ取り出し、木の枝でそれを打つ。

「オレと遊ぶぞ！」

「……テントの設営手伝いまーす」

流石にそれは後が怖いので他の人手伝おうっと。

「アルウウウウウウッ！」

「監督？　遊んでないで薪拾ってきてもらえますか？」

ついでに役割が決まってない監督の肩をディアナが掴む。良かった良かった、これでサボりは一人もいないな。

「いくよー？　一、二の……さーんっ！」

掛け声を上げながら、テント中央のポールを立てる。あとはテント本体を杭とロープで固定すれば完成だ。

「思ったより広い、これなら寝れる」

「フッ、今日の褥《しとね》としては申し分ないだろう」

手伝ってくれていたファリンとエミリーが中に入って感想を漏らす。自分としてはそこまで物珍しいものじゃなかったが、この二人にとっては違うのだろう。それなりに広くそこそこ快適なのだが、まぁ自然の中に布を立てているだけなので。

「あっ毛虫だ」

テントの中にいた虫をつまんで外に放り投げる。が、テント内に響く甲高い声。

「ヒイイッ!?」

どっちだろう叫んだの、まぁファリンではなさそうだけど。

「二人とも虫苦手？」

「私はそこまで苦手じゃない。薬の調合で使った事ある」

「む、虫は古来より穢《けが》れた亡者達の魂の輪廻《りんね》の最先端と決まっているではないか……むしろアルフレッドはよくそんな汚らわしいものを素手で」

「田舎出身だからなぁ」

「どの辺？」

エミリーの質問に答えれば、意外な事にファリンが質問を重ねてきた。

「ディアックって所だけど知らないよね」

「……知らなかった」

「でしょ」

まぁ人より羊の方が多いような場所だからね、テントが物珍しい人は普通知らないよね。

「そうじゃない、アルフレッドが冗談言う性格だって」

首を横に振るファリン。

冗談？

そんな事を言った覚えは無いけど、ちょっと不思議系なのかなファリンって。

「うわあああああああああああああっ！」

と、今度は外から悲鳴が聞こえてくる。この声は聴き間違えようがない、エルですね、何してんの。

◆◆◆

持参した机や何やらで作った簡素な炊事場で事件は起きていた。

「くそっ、誰がこんなひどい事を！」

「そんな監督、しっかりしてください！」

「殺せ、殺してくれ……」

どうでもいい辞世《じせい》の句を詠《よ》むエルを抱えながら嘆くシバに両手を合わせ祈りを捧げるディアナ。

「どうしたの虫刺され？」

また大袈裟《おおげさ》なんだから全く。

「アルフレッド君、これがそんな呑気《のんき》な状況に見えるかね⁉」

「ごめんなさい」

怒るシバに思わず謝罪する。もしかして結構な緊急事態？

「事情教えて」

「……無いんだ」

冷静なファリンがそう尋ねれば、涙を流しか細い声を絞り出すシバ。そして透き通るような高い青空に向けて叫ぶ。

「持ってきた食材の中に……肉が無いんだ！」

「へぇー」

わーきんきゅうじたいだー。

「肉の入ってないカレーはカレーじゃねぇだろおおおおおおっ！」

目を見開いて叫ぶ、じゃなくて駄々をこねるエル。恥ずかしくないのかな、六百歳超えてるんだよね、この魔王様。

「くそっ、誰がこんなひどいこ」

「食材用意してくれたの先生じゃなかった？　抗議したら良いんじゃないかな」

シバがそう言ったので、正しい意見を口にする俺。そして生徒一同馬車を見て、飲んだくれていびきをかいて酔っぱらってる教師を確認。そっと視線を元に戻す。

「駄目だみんな、どうやらオレはここまでのようだ……ガクッ」

ガクッって自分で口で言いながらうなだれるエル。

「監督ーーーーーーっ！」

「今日は俺の意見封殺される日かな？」

みんなそれらしく叫んでるけど俺の声聞こえてたよね？

「アルくん！　お肉、お肉が無いんですよ！　何でそんなに平然としていられるんですか！」

「無いなら仕方ないんじゃない？」

「駄目だ、それは許されない！　イシュタール商会のロングセラー商品ミックス・カレーパウダーの裏にも『まず初めに肉と玉ねぎを炒めます』と書いてあるんだ！　そしてその調理法はまさしく家訓……それに背くという事は家を継ぐ資格が無いつまりスジャアアアアアアタアアアアア！」

今スジャータ関係無いよね？　と言いかけてやめた。よく考えたら、いつもスジャータは無関係なのだから。

「俺だけじゃなくて、こっちの二人も冷静だけど」

ファリンとエミリーを指してそう言えば。

「おもしろい冗談。肉の無いカレーは許さない」

「我の怒りが伝わらないとは、とんだ朴念仁《ぼくねんじん》もいたものだな」

「あれえっ？」

返ってきたのは悪態二つ。そんな、肉なんてたまにしか食えないんだから、無いなら無いで良いと思うんだけどなぁ。あれ、もしかして俺の家が貧乏だっただけ？

「しかしどうしようか、肉が無ければもはや林間学校の感想文はカレーに肉が入っていなかった、で終わってしまう」

さっきまでの元気はどこへ行ったのか、意気消沈するクラスメイト達と魔王エルゼクス。原因はカレーの肉が無い事。いや流石にそれは情けなさすぎるだろう。

「そんなに言うなら……獲ってこようか？　この森にも動物はいるだろうし」

さらに静まるクラスメイト、無言というよりは息を呑んだって感じだろうか。どこか居心地の悪さが身を襲う。失言だったのかな、もしかして。

「アルフレッド君、捕まえてもその……できるのかい？　捌《さば》く的な」

「そりゃね。子供の頃からやってるから」

得意な仕事じゃないけれどできないって事はない、小さい鹿か猪あたりだと捌くのも簡単なんだけどな……などと考えていれば。

突然両手をシバに掴まれた。

「今日ほど君が親友だった事を喜んだ日は無ぃ！」

咽《むせ》び泣くシバ。

「流石ですアルくん！」

ぴょんぴょん跳びはねるディアナ。

「アルフレッド、見直した」

ふふんと鼻を鳴らすファリン。

「クックックッ……我が眷属から同胞に格上げしようぞ」

何故か上から目線のエミリー。

「うわー入学してから一番褒められるのこれかー」

魔法学園に入学したのに魔法以外の事で褒められちゃったぞ。

「罠作るから、一応二人ぐらい手伝ってくれたら嬉しいんだけど……」

「私も行く。少しは錬金魔法が使える」

「あー眠らせる方が楽か」

そっちの方が余計に苦しませないで済むか。暴れたら血が回って臭みも増えるし。

「クックックッ……我も馳《は》せ参じようぞ」

「森の中虫出るけど」

大丈夫なのかなエミリー耐えられるのかな。

「……だって料理できないもん」

まぁ無理そうですね何となく。

「んじゃ行ってきまーす」

◆◆◆

はい、というわけでやってきました森の中。今日は鹿か猪を狙いたいと思います。本当はちゃんとした道具があれば良い感じのくくり罠とか作れるのですが、スコップしか無いので落とし穴を作ります。主にそこの二人が。

「鹿か猪で大丈夫？　臭みは香辛料で消せると思うけど」

「美味いなら許す」

「任せる」

いや良かった、大変なんだよね落とし穴掘るの。俺は蓋《ふた》を作ってようか。

「なら早速だけど二人には……うん、あの小川の近くに落とし穴作ってもらおうかな」

秋口ならドングリなんかが落ちている木の近くが一番良いのだが、ここは水場の近くに仕掛けよう。

「結構大きい奴？」

「まぁ、ね……這《は》い上がれないように壺っぽくしてくれれば良いんだ」

「フッ、造作もない」

スコップを肩に担ぎ頼もしい台詞を口にしてくれるエミリー。これはあれだな、落とし穴を作るのがどれだけ重労働か知らないんだろうな。まぁ存分に重労働をしてもらおう、そっちの方がカレーだって美味しいさ。

「待った」

だがスコップを杖にして、そっぽを向くファリンがいる。落とし穴掘るの大変だってばれたかな？

「ファリンどうしたの？」

「……あれ見て」

あれ。彼女が指さす先にあったのは、一枚の立て看板。

『この下、パンスーロ牛生息地』

なんて書いてある。下って何だ、立て看板が地面に刺さってるんだぞ意味が無いじゃないかこんなの。

「何だこれ……っていうかパンスーロ牛って何さ」

「パ、パンスーロ牛を知らないだと!?」

まさしく馬鹿を見る目をして驚くエミリー。そんな一般的な牛なのかな。

「パンスーロ牛、それはまさしく牛肉界の革命児……パンスーロ牛が発見される五十年ほど前まで、牛肉は家畜化された豚肉よりも臭みが強く、一段劣るものとされてきた。しかしパンスーロ牛の持つ独特の『サシ』と呼ばれる上品な甘さを持つ斑《まだら》状の脂肪と、臭みはおろか焼けば香ばしさが漂う赤身の存在によりその評価がひっくり返った。それから今日に至るまで、牛肉が肉の中でも高級とされるのはひとえにパンスーロ牛の存在があったからであり、市場には多くの偽物が出回って」

「凄い肉なんだ」

早口で解説ありがとうファリン、今度は俺が驚いちゃったよ。

「凄いなんてものじゃない、アルフレッドはもっと勉強した方がいい」

いつも授業中という名の自習時間に寝てばっかりの人に怒られるという、全く新しいタイプの説教であった。

「なればこそ！　我らが取るべき道は一つ！　いざゆかんロードトゥザビーフカレー！」

何か叫び出したエミリーがかっこいいポーズを逐一叫んでから。

「うぉぉぉぉおおおおおおおっ！」

物凄い速さで走り出すエミリー。もちろん立て看板に向かってだ。

「いやでも、怪しすぎて何かの罠だと思わない？」

例えばそう、俺達が今作ろうとしている落とし穴とか。

「うわあああああああぁぁぁぁぁ……」

ストン、と小気味の良い音を立てて、落とし穴に落ちていくエミリー。

遠くなっていく声は、その穴の深さを物語る。

「落とし穴、もうあったね」

ふとそんな事が口をつけば、何故かファリンが自慢げに鼻を鳴らした。

◆◆◆

「いいエミリー、縄投げるよ？」

「エミリーではない、魔王エルゼクスの生まれ変わりだ！」

「本人生きてるっての……行くよー」

穴は予想以上に大きかったが、中を覗く限り手持ちのロープで足りるほどの深さだったのでエミリーに向かって縄を放り投げる。

うん、縄に伝わる感触からして掴んでくれたみたいだな。

「ごめんねファァリン付き合わせて」

「パンスーロ牛……」

「諦めて」

謝罪の言葉を口にすれば、聞こえてくるのは呪詛《じゅそ》の如く。

気を取り直してロープを握り、二人で一人を引き上げよう。

「んじゃ引っ張るよ、せーのっ」

——さてここで言い訳しよう。

どうして二人で引っ張ったのに、二人とも落とし穴に落ちたかという理屈について。人間は重いものを引っ張ろうとすると、一旦ちょっとだけ前に出る習性があるんだ。反動をつけたいからね。

「ヒッ、ムカデぇっ!?」

そして運の悪い事に、エミリーがロープを握りしめたままどうやらムカデに襲われたらしい。もしかしたら足元を通りかかっただけかもしれないし、顔に飛びついてきたかもしれない。最後に重力という奴は、もちろん下に向かって働いている。

この三つが組み合わさるとどうなるか。

（こういう時に他の人に助けを呼ばなかったバカ＋牛肉の事で意気消沈しているバカ）／虫が苦

手なくせに森に来たバカ｝×重力＝見え見えの落とし穴に仲良く全員落下となる。試験にはまぁ出ないだろうな。

「……二人とも大丈夫?」

強く打った尻をさすりながら出てきた言葉は、思いの外冷静なものだった。

ちょうど大人二人から三人ぐらいの高さの落とし穴は、ちょっと頑張れば登れそうだったから。

「ムカッ、ムカデ取ってえぇっ!」

エミリーのローブの裾に付いたムカデを取ってじっと見つめる。

こいつのせいでと一瞬思ったが、よく考えれば悪いのはエミリーなのでそのまま流す。

「パンスーロ牛……」

ファリンは虚ろな目で呟く。

もう諦めた方がいいと思うんだ、落とし穴の先に牛がいるなんて都合のいい妄想は。

「ここから助け呼んだら誰か来るかな」

落とし穴の入り口を見上げながらため息を一つ漏らす。幸い炊事場とはそこまで距離が離れてないから、三人で力いっぱい叫び続ければ誰か来てくれるだろう。

――などという甘い考えは即行で打ち砕かれた。

「あっ」

間抜けな声が漏れる。何という事でしょう、光差し込む天井がどんどん閉じていくではありませんか。

「これ……まずくない?」

あっという間とはまさにこの事、帰り道はもう塞がれて万事休す絶体絶命。

その代わりと言っては何だが、落とし穴の奥へと続く道が景気の良い高笑いと共に開かれた。

「フフフフ……ハーッハッハ！」

そこにいたのは一人の男だった。白いローブを身に纏い、海のように青い長髪をなびかせてそこにいた。

「誰⁉」

そう尋ねれば男は何度か、カッコいいと本人が思っているのであろうダサいポーズを何度か取って、その名前を高らかに叫ぶ。

「我が名は……ダンジョンマスター・ヴェルナス！」

「だから誰だよ⁉」

知らない人だった。

「貴様らはこの魔法の歴史を百年進める天才ダンジョンマスターの作った最強無敵絶対防衛ダンジョンの餌食《えじき》となるのだ！　クックックック……フッフッフッ、ハーッハッハッハ！」

男は俺の質問を意に介さず、長々と自分語りを続ける。

この人あれだな、エミリーとは微妙に違うタイプの酔い方してるね、泥酔の原因は主に自分かな。

「あのここから出たいんだけど」

ようやく男が、ダンジョンマスター・ヴェルナスとかいう変態っぽい人がこっちを見てくれた。

「ややっ、その制服は……憎きフェルバン魔法学園か！　ちょうど良い、百年にも及ぶ我がマルフォーネル魔法学園との因縁を晴らさせてもらおうか！　うおおおおおおっ！」

どうやら同じ学生らしいと少し安心したところで変態が襲い掛かってきた。

「うるさい」

「いたっ、石を投げるな！」

のでファリンが手頃な石ころを投げて応戦する。うーん結構良いダメージ入ったみたいだな物理攻撃には弱いみたいだ。

「あのさ」

「くっ、投石とはカビ臭いアルフレッドの魔法にとらわれたフェルバンの奴らしいではないか！だが屈さぬぞ我が名はダンジョンマスター……ヴェルナス！　この難攻不落のダンジョンを果たして貴様らは抜けられるかな！」

この聞くに堪えない騒音のような情報を整理したところ、どうやらこの落とし穴を作ったのはこいつらしい。そしてフェルバン魔法学園と因縁のあるマルフォーネル魔法学園の生徒のヴェルナスさん。そんな学校もあるんだな、自分はフェルバン一本だったからなぁ……じゃなくて。

「つまりあの妙な看板を作ったのはお前で、この落とし穴はダンジョンとやらの入り口？」

「ようやく理解したようだな」

疑問を投げかければ肯定が返ってきた。この男の背中に続いている空間は、なるほどダンジョンという名前なのか。迷宮って認識で良いのだろうか。

「じゃあ何でそのダンジョンマスターが入り口にいるの？」

「このダンジョンは難攻不落……そう、まさしく」

妖しく笑うヴェルナスは天高く拳を突き上げ、そして高らかに宣言する。

「作った本人も出れないほどになぁ！」

ダンジョンマスターの称号をさっさと返上すべき、ろくでもない現状を。

◆◆◆

――ダンジョン。

この洞窟とも地下牢ともとれる空間もまた魔法による産物である。ダンジョンコアと呼ばれる魔力の源と、攻性から召喚までの魔法を組み合わせて作られている、人々を惑わす迷宮。

知識としてそういう物があるとは知っているが、こうやって目の当《ま》たりにするのは初めてだった。

ちょうど教室の倍ほどの広さもある空間は、土の壁と石畳の地面で構成されていた。壁側にかけられた松明《たいまつ》のおかげで少し明るいが、遠くまで見通せるほどの明るさは無い。

帰り道が閉ざされた今、奥へ進む以外の選択肢は無いのだけれど。

「我がマルフォーネル魔法学園は、貴様らフェルバンとは違い常に新たなる時代の魔法を模索している学園であってな、貴様らのような古い魔法の分類になどとらわれておらんのだ。そしてさらに先進的な事に、新入生は一週間ここで研修を行い互いの絆を深め合う……どうだこの発想、脳みそが化石のような貴様らフェルバンの連中にはできないだろう？　だがこのダンジョンマスター・ヴェルナス、どうやら大賢者アルフレッドをもしのぐ天才であったようでな。この完璧なダンジョンを作成したものの作った自身すら出られないとは……クックックッ、己の才能が恐ろしいとはまさにこの事よっ！」

「待って、誰も何にも聞いてないいんだけど」

急に語り出した、怖いわこの人。

「貴様ら凡夫《ぼんぷ》の期待に応えるのも天才の努めと知らぬか？　ノブレスオブリージュの精神すら息づいていないとは、フェルバンの底が知れるわ」

「この人何言ってんだろうね」

「そもそもいつから出れなくなったかが疑問。研修が一週間だから」

一応話を聞いていたファリンが指折り日付を数え始める。えーっとこのヴェルナスが入学初日から来ているとして、今日の日付を考えると……あれ、この人どれだけここに閉じ込められていたんだ？

「ん？　今日は四月十日ではないのか？」

「いや二十日だけど」

一瞬誰もが言葉を呑んだ。何この人十日もこんな空間に一人でいたの。

「ハーッハッハッハッハ！　カレンダーすら読めぬとは愚かさここに極まれりぃっ！」

「ねぇこの人やばくない？」

色んな意味で。

「フッフッフ……魔王エルゼクスの生まれ変わりたる我を前にすれば、この程度のダンジョン散歩にもならぬわ」

「あれえっ、エミリー何でノリノリ？」

冷めた態度の俺とファリンと違って、エミリーはまたカッコいいポーズを取り始める。まぁこういうの好きそうだもんね君。

「ならばそのビッグマウスにふさわしくダンジョンを攻略してみせよ！　ノーヒントでなぁ！」

「造作もない、行くぞ我が同胞よ……ぅぉぉぉぉおおおおおおっ！」

発破をかけるヴェルナスに、走り出すエミリー。

……あれぇこの光景どこかで見た事あるぞ。

「うわあああああああぁぁぁぁぁぁ……」

はい本日二回目の落とし穴。そのまま遠くなる声は、虚しくダンジョンに木霊《こだま》した。

「とりあえず……解説してもらえる？　そのノブレス何とかに則《のっと》って」

まぁノーヒントは無理だよね流石に。

「よかろう、ここは全三階層中随一の難所である……罠だらけのテーマパーク！　その名も……愛WANA★ビー罠！」

「名前は聞いてないです」

「蜘蛛の巣のように張り巡らせた数々の罠を抜けて脱出するには特定のルートを通らなければならない！　一度間違えれば奈落の底に……ズドン！　フハハハハッ！　恐ろしかろう！」

まぁそれは今見てたから知ってるけど、一応確認だけしておこう。

「エミリーはその、無事だよね？」

「安心しろ、ダンジョンマスターに殺人の趣味はない……各階層を抜ければ再び相見《みま》えようぞ」

それは良かった、流石に死人は笑えない。

「じゃあ簡単だな、作った人がいるんだし正しい順番覚えてるんでしょ？」

正しい順序。改めて床を確認すれば、なるほどチェス盤のように四角い石畳が敷き詰められている。正しい床を踏まなければ、落とし穴やらの餌食になってしまうわけか。

「ハン、誰にものを聞いているつもりだ、フェルバンのウスノロどもよ……この言葉を胸に刻め！」

勿体ぶってカッコいいポーズを取るヴェルナス。

「天才は……過去を振り返らないッ！」

言い直すヴェルナス。

「過去を振り返らないッ！」

つまり忘れたんですね、全く役に立たないのかなこいつ。

「じゃあヒントは？　こうさ、物語だとこの順番でーみたいな事どこかに書いてたりするでしょ」

定番の奴ね北へ何歩とか南のナンチャラとか、あるんでしょ本物のダンジョンに。

「もしかして貴様……」

ヴェルナスが俺の肩をポンと叩く。お、褒められるのかな俺。

「物語と現実の区別がつかないタイプか！」

「お前が言うなッ！」

思わずその手を振り払う。自分でも信じられないぐらい大きな声が出たのは苛立ちのせいだろう。

「まあ慌てるな、こんな事もあろうかと正解のルートにはわかりやすくチーズの欠片を置いておいたのだ」

「そういうの聞きたかったんだけど……まぁいいや、最初のチーズの欠片は？」

ようやく有益な情報を聞き出せて安堵する。これでこの階層を抜けられる。

「フッ昨日食べたに決まっているだろう」

「ウォウアアアアッ！」

俺は思わず叫んでいた。そのまま力の限りヴェルナスを突き飛ばしていた。ちゃんと間違った所に着いてくれたのか、落とし穴が作動する。

「また早まるな貴様この階層をダンジョンマスターの協力無しで攻略する事がどれだけ難しいかぁあああああ……」

遠くなるその声に、ようやく胸を撫で下ろす。

「しまった、つい突き落としてしまった」

いや何安心してるんだ俺、ついやってしまったじゃないか。

「仕方なかった」

「ありがとファリン……裁判の時もそう言ってね」

しかしこれで、ダンジョンを抜ける方法がわからなくなってしまった。

……本当にどうしようかな。

「諦めるのが早い。ここは私に任せて欲しい」

と、ここで冷静だったファリンが一歩踏み出す。控えめな胸を張って、自信満々に鼻を鳴らす。

そして魔法を発動させる。五芒星を描くとなれば、ご存じ我らが召喚魔法。

「召喚……枕！」

うん、枕？　という疑問を押しのけて出てきたのは彼女の召喚獣である黒い蛇だ。

「もう一回名前言って？」

「枕」

それは用途だよね。

「後で別の名前付けようか……それでダンジョン攻略とどんな関係が？」

流石にあんまりなので命名式についてはおいおい行うとして、この召喚獣で何をするのだろう。

「蛇の嗅覚は人間の何万倍と言われている……アルフレッドもっと勉強して」

「ごめんなさい」

また怒られた。

「行け枕……チーズの匂いをたどれ！」

枕がチーズの匂いみたいで嫌な発言だったが、それでも蛇は舌をチョロチョロと出して少しずつ前進していく。そしてその後を抜き足差し足付いていく俺とファリン。

……あれだな、罠が発動しないと地味なんだなダンジョンって。

「よし到着っと」

あっさり第一階層攻略。種がわかれば簡単だなこれ。

「勝利の後はいつも虚しい」

まぁ俺達大して何にもしてないけど。で、出口の扉とその横に怪しげなレバーがあった。そいつを思い切り動かせば、ゴゴゴと轟音を立てて下へと続く扉が開かれた。

「じゃ、第二階層行きますか」

次も簡単だったら良いんだけどなんて願いながら、続く階段を下りていく。

それにしてもこんなダンジョン、何のためにあるんだろう。

◆◆◆

下りた先に待っていたのは、つまらなさそうな顔をしたエミリーと、俺が突き落とした事などみじんも覚えてなさそうなどや顔をしたヴェルナスだった。良かった犯罪者にならないで済んだ。

で、第二階層。さっきと造りは殆ど変わらないが、大きな違いが一つある。

出口へと続く先にあるのは、ただ真っ暗な空間だった。

「フッよくぞダンジョンマスターの作った第一階層を破ったようだな……だがどうだ、あくまで今のは小手調べよぉっ！　さぁ次の第二階層は暗闇の道だどうだ床が見えまい。このように不用意に足を突き出せばああああああああぁぁぁぁ……」

そのまま奈落の底へと落ちていくヴェルナス。

――なるほど今度は見えない道ね。

「どうファリン、こっちも匂いで何とかなりそう？」

本質的にはさっきと変わらないのだろう、ようは正しい道を選んでくださいというだけの話。天才の割には手抜き感が否めないな。

「無理。何か知らないけどきつい臭いが充満してるらしい」

「そうなの？　わからないけど」

「若干アンモニア臭い」

「えっ」

思わずエミリーを見る。あれかなうん、急に穴に落ちてるからね。

「……違うし」

何だヴェルナスの方か仕方ないな。

「見えない床かぁ……こう暗いと判別できないよね」

「手探りで行けば何とか？」

「んーでも道が続いてるって保証は無いんじゃない？」

ファリンの案は一見理に適《かな》っているが、跳び越えなければ進めない道というのがあっても不思議じゃない。それぐらいの脳みそは流石にあの天才も持っているだろう。

「クックック……どうやら我の力が必要なようだな」

「まさか」

右手で顔を覆いながらいきなり自己主張してくるエミリー。何の役にと思ったが、そうだ彼女にはまだ隠されていた力があったじゃないか。

「その眼帯の封印が!?」

「いゃこれはお洒落《しゃれ》だから今ちょっと関係無いし……」

「何かごめん」

口をモニョモニョさせて言い訳するエミリー。そっかお洒落なんだそれ、後で他の人にも教えてあげようっと。

「我が同胞よ……よもやこの我の眷属たる召喚獣を忘れたのではあるまいな？」

「猫だっけ」

シバは鳥でディアナは馬、ファリンは蛇でエミリーは猫っと。覚えやすいんだか覚えづらいんだか微妙なところである。

「来たれ眷属よ！　召喚……眷属十三号（仮）！」

そして叫んで召喚される黒猫が一匹。だが出てきたは良いものの、あくびをして耳の裏を掻いている。どうやら仮の名前はお気に召さないらしい。

「まだ名前決まってないんだ」

「候補は大分絞れたし」

「へぇー」

どうだろうか、エミリーの場合は、何か考えれば考えるほどドツボに嵌まっているような気がするんだけどな。

「これがその……証拠だあっ！」

と、ここでエミリーがローブの内ポケットからメモ帳を取り出し俺に突き付けてきた。とりあえずそれを受け取ってパラパラと捲ってみれば、なるほどアイゼンブロイカラミティゼロエクゼエクセレントイヴワールドエンドクロスシュツルムなどなど横文字がずらずらと並んでいる。

「うわー先が長そう」

適当に捲れば何ページにもわたって文字列が羅列されていた。決まるのは卒業後って言われても納得できそうだ。

「アルフレッド、ぼさっとしてたら置いていく」

なんてメモ帳を眺めていれば、眷属何号だかの案内に従っておっかなびっくり進む二人に促された。俺はそいつをポケットにしまって、やっぱりおっかなびっくり進んでいった。

◆◆◆

「フッフッフ、こうも二つの階層を軽々と突破するとは……フェルバンに通わせるには惜しい人材がいたものだ。だがしかし、この第三階層は違う！　今までのようなお遊戯《ゆうぎ》と思って舐めてかかると……突破できまい！」

やってきました第三階層、待ってました天才ヴェルナス。もっとも俺の視線はといえば、せっかくなのでエミリーの手帳に向いていた。

「あ、この名前とか良さそう」

可愛くない？　このゲムズズングって奴、ファリンの召喚獣に似合いそう。

「枕は枕で良いと思ってる」

「駄目だって」

だからそれは名前じゃなくて役割だって。

「人の話を……聞けぇーーーーーっ！」

と、次の瞬間飛んできたヴェルナスの平手打ち。頬にその感触が伝わった時、浮かび上がったのは痛みではなく怒りの感情。この変態自分が無視されると怒るのかという。

「いいか貴様ら第三階層は！　ダンジョンのダンジョンたる所以《ゆえん》……秘宝があるのだ！」

「パンスーロ牛!?」

「ククク……その目でしかと確かめねばなるまい。古《いにしえ》の紋章たる霜降り具合をなぁっ！」

秘宝の二文字で目を輝かせ始める二人。本当チョロい。

将来詐欺《さぎ》とかにあわないで欲しいと願うも、どうせ何を言っても無駄なのでそのまま話を進める。

「で、第三階層は？」

「決まっているだろう。ダンジョンの主であるファントムオブナイトメアとの……直接対決だ！」

「急にガチな奴来やがった」

何だよさっきまで散歩コースだったくせにと腹を立てた瞬間、怨念の籠った叫び声が第三階層に木霊する。徐々に明かりが浮かび上がり、青く揺らめく炎のように、不確かな死神の姿があった。

「恐怖に打ち震えろ、首を垂れて許しを乞え！　フハハハハッ、行けぇファントムオブナイトメア、愚者どもに地獄を見せろ！」

死神が手を翳《かざ》せば、飛んでくるのは黒い雷。それは真っすぐこっちに向かって。

「ぐわああああああああああああああっ！」

天才ダンジョンマスターヴェルナスの脳天に直撃した。

「知ってた」

お約束である。さぁそのまま戦闘開始、とはいかなかった。何かを守るようにそれはその場にプカプカと浮かび続ける。

「しかし戦闘って言われてもな……」

実際のところ魔法による戦闘というのは、攻性魔法の使い手がいなければお話にならない。他の魔法ももちろん重要ではあるが、それはあくまで攻性魔法があっての話だ。エルみたいな規格外な召喚獣がいるなら話は別だが、あいつカレーの肉無くて動けないしなぁ。

というわけで他の二人に視線を移してみたのだけれど。

「無理、戦えない」

「クックック……お化け怖い」

「ですよねー」

まぁ戦闘要員じゃなさそうですよね二人とも。というわけで消去法。

「……行ってきます」

というわけで戦闘開始。まぁ俺に策なんて一つもありはしないのだけれど。

——倒す。

言葉にすると簡単だがそう易々《やすやす》と実行できるものじゃない。だいたいあの亡霊みたいな存在を前にして、何をどうすればいいのか見当がつかない。そして俺の使える魔法は、やっぱり一つしかないので。

「召喚……重力！」

ユニコーンの騒動の時に使ったそれを一か八かで放ってみる。一瞬シンと静まったがすぐに轟音《ごうおん》が響き渡る。青い死神に崩れ落ちた天井が降り注ぐ。このダンジョンだか崩れないよなと疑問に思うもその心配は無さそうだ。

何でわかるかって？

「それ……お化けに効く？」

しょせん土くれなんてものは、実体の無い幽霊には無意味だったという悲しい現実を突き付けられたから。

「効かない奴かもおっ!?」

また飛んできた黒い雷を何とか避ける。指先を掠めたせいで、先端が少し痺れた。それからひたすら逃げて避けて逃げて避けて。殆ど反復横跳びをしながら横目で女性陣を見る。

「見てないで手伝うとかどうかなぁ!?」

何にもしてない二人に思わず声を荒らげてしまう。いや本当一人手伝ってくれるだけで少し変わってくると思うんだよね。

「もはやできる事は無い」

「フレーッ、フレーッ」

やる気の無いコメントとエールが飛んできて、思わず頭に血が上る。だが冷静になるんだ俺、何とかする方法を考えろ。

——他の時はどうだった？

最初の時はエルがシバの時はグリフィードが。召喚魔法しか使えやしないのだから召喚獣に頼るしかない、でもエルは使えないから……いや待てよ。

「そうだ名前！　そいつらにちゃんとした名前付けてよ！　そしたら何とかなる……はずだっ！」

ディアナの時も考えれば、それは間違いないだろう。どういう理屈か知らないが、召喚獣に本当の名前を付ければ大きな力が発揮されると。

「だから枕」

「それは用途だ！」

「しかし眷属の真名は我が厳選して」

「うるさいっ、ここから勝手に決めてやる！」

アホ二人が頑《かたく》ななのでエミリーのメモ帳を取り出した。反復横跳び前転後転大回転しながら急いで捲る。

でもまぁこれだけ候補が多いとエミリーの気持ちもわからなくもないな。しかしこれ本当に色んな本見てメモしたんだな、どこぞの神話やら悪魔やらの名前で埋め尽くされてるじゃないか。と、そこで覚えのある名前が目についた。ちょうど四つの名前が大きな括弧《かっこ》でくくられている。

「いや決まってるじゃんこれ」

四つの名前。上から順にグリフィードにアインランツェ。その次の名前を俺は声高らかに叫んだ。

「来い……ヨルムンガンド！」

吠えたそれが地を這いながら進んでいく。その巨体は影を作り、俺の視界を黒く覆う。

「あっ枕」

ファリンの召喚獣なのはその頭を見ればわかる。けれど雄々しきその姿には大蛇の二文字が良く似合った。

「キャスパリーグ！」

続けて四つ目の名前を叫べば、音もなく亡霊の後ろに立つ。黒くしなやかな体躯を持った大きな猫がそこにいた。

「眷属うううううっ！」

まぁエミリーの召喚獣ってのは見ればわかるな、少し大きくなった程度かなこっちは。

「よし」

　ともかくこれで戦力は揃った。何ができるかはわからないが、さっきよりは何十倍も勝機がある。

「よしじゃない、枕返してアルフレッド」

「この愚か者！　眷属の命名は我の魂の契約であるぞ！」

　ピーピーうるさいボンクラどもが騒ぐ。どう考えてもこいつらより召喚獣の方が役に立つと思うのだが、今は俺の方が立場が上だ。

　具体的にはこんな感じで。

「そんなに文句を言うなら今日のカレーは……肉無しだぞ！」

　黙りこくる二人。この程度で言い返せないなら初めから文句言うなと言いたいが、ここはこの際呑み込もう。そんな暇なんて無いからな。

「それじゃあ二人の力……見せてもらおうかな！」

　蛇の腹を軽く叩けばヨルムンガンドが舌を出す。そのまま丸太の何倍も太い体躯を真っすぐと亡霊に突進する。

　だがその黒い図体は虚しくすり抜けるだけ。さっきの重力を食らわせた時と大して変わり映えしないが、少なくとも今は心の余裕からくる冷静さがあった。

　——状況を見極める。

　こいつは亡霊などではない、ただの光の揺らめきだ。ならその光源が必ずどこかにあるはずだ。

「言葉通りの幻影なら」

　ヨルムンガンドの巨体が、この石畳のステージを覆った。

その黒い鱗を照らす一片の明かりが見えた。それはこの階層の隅の天井から発せられて。

「そこだ、キャスパリーグ！」

指さし叫べば鋭い爪が襲い掛かる。切り裂かれたそれが地面に叩きつけられれば、亡霊はその姿を消した。

「今度こそ……一件落着かな？」

ようやくここで一息つく。自分の額に手をやれば大量の汗で湿っていた。

そりゃそうか、今回は流石にどっと疲れた。

「ぜんぜん落着じゃない。もうこれ枕じゃなくて寝袋」

「我が名前決めたかった……」

「勘弁して？」

二人の労《ねぎら》いの欠片も見当たらない言葉に思わず言い返してしまう。とりあえず生きてここ出られる事に感謝してもらえないのだろうか。もらえないでしょうね。

「あ、戻った」

それから大蛇と大きな猫は煙と共に元の大きさに戻ってくれた。それと同時に階層の最奥《さいおう》の扉が開き、太陽の光に照らされた上り階段が見えてきた。遺恨と不満は残ったかもしれないが、少なくとも一件落着と言って良いだろう。

「しかし同胞よ、何故我等が眷属の真名を知っていたのだ？　よもやまさか、生まれ変わり的な……！」

「いやエミリーのメモに書いてあった名前。グリフィード、アインランツェに続いて書いてあったじゃん。決まってたんでしょ？」

　不思議な事を聞いてくるエミリーに一応説明をしてみせる。といっても本人のメモだからな、わかってて書いたんだろう。

「グリ？　アイン……」

「シバとディアナの召喚獣の名前。メモしてたんだね」

「初耳だぞ」

　きょとんとした顔で聞き返してくるエミリー。

「え？　だったら何で四匹の名前が」

「コォォォォングラッチレェエエエション！」

　メモ帳に書いてあったのと聞きたかったのだが、割り込んできた天才ダンジョンマスター。何だ元気だったのか。

「よもやこの天才ダンジョンマスター・ヴェルナスの迷宮を破るとは……どうやら貴様の名を俺様の胸に刻まねばならぬようだな」

「自己紹介してなかったっけ……フェルバン魔法学園召喚科のアルフレッドです。こっちがファリンでそっちがエミリー」

　そういえば向こうは嫌というほど名乗っていたがこっちは自己紹介もまだだったか。

　これは失礼な事をしていたらしい。

「ふっアルフレッドよ……今日より貴様を我が生涯の宿敵と認めよう！　光栄に思うがいい、フハハハハハハハハ！」

「遠慮します、帰ります」

こんなライバル必要ないので出口に向かって歩き出す俺達。もうここに用事は無いからね。

「どうした貴様ら……ダンジョンを攻略したのだぞ、宝箱は開けていかないのか」

と思ったら何という事でしょう残り二人が踵を返すではありませんか。

「パンスーロ」

「牛！」

いや流石にそれは腐るじゃんと思いながらも振り返ってしまう自分が悲しい。

ヴェルナスの言葉通りそこにはいつの間にか大きな宝箱が一つ鎮座している。

「中身貰っていいの？」

「当然だ、ダンジョンマスターはたとえフェルバンのカスどもであろうとも……公正でなければならぬのだから！」

もしかしてこいつそんなに悪い奴でもないのかと思い始める自分がいた。肉が入ってるとは思わないが、こんなに大きな宝箱だ、少なくとも手土産にはなってくれるだろう。

「夢にまで見たパンスーロビーフカレー」

「クックックッ、お腹すいた」

万が一肉が入ってても腐ってませんようにと願ってから、その蓋に手をかけて。

「開けるよ？　……せーの！」

満面の笑みで開いた俺達の表情が一瞬で曇った。

「ちなみに中身は未実装だ」

無情な事実を突き付けてきたヴェルナス。その一言で、バラバラだった俺達三人の心がようやく一つになった気がしたんだ。

「だが貴様らはこの天才ダンジョンマスター・ヴェルナスの記念すべき人生初製作のダンジョンを攻略したという栄誉を……既に手に入れたのだ！　誇れ！　敬え！　そして俺様を……讃《たた》えよおっ！」

もはや誰も聞いていない、聞く気なんて微塵《みじん》も無い。二人は怨念の籠った視線を高笑いする変態に向ける。しかしこの居心地の悪さに気づかないとはある意味天才なのかもしれないな。

「行こう枕……ううん、ヨルムンガンド」

「我が眷属キャスパリーグよ、古の盟約に従いその身を捧げ」

二人が召喚魔法を使えば、それぞれの召喚獣が本来の姿を取り戻す。今度は幻影なんかじゃない、天才ダンジョンマスター・ヴェルナスに牙を剥く。

「あのうるさいのを」

「あの憎き宿敵を」

巨大な毒蛇の牙と獰猛《どうもう》な黒猫の爪が今、奴の喉元へ襲い掛かる。

「「ぶっ飛ばせ！」」

木霊する二つの声が階層の中に響き渡る。遅れて聞こえてきた声が悲鳴だったという事については、もはや言うまでもなかっただろう。

◆◆◆

「よう遅かったなアル！　何だそいつが今日の獲物か？」

ダンジョンから戻ってきた俺達を迎えてくれたのは満面の笑みを浮かべたエルの姿だった。俺、エミリー、ファリンの三人は今日の獲物を捕まえたせいでクタクタだ。

「シッ、シーーーッ！」

ちなみに獲物はロープで簀巻《すま》きにして猿轡《さるぐつわ》をした自称天才です。

「すぐ捌こうかと思うんだけど包丁ある？」

「あと硬い棒」

「あとカミソリ」

ファリンとエミリーがそれぞれの獲物で捌くのを手伝ってくれるらしい、完全に心が一つになった。頼もしい限りだ。

「わぁ、お二人の召喚獣見違えましたね！　もしかしてアルくんに名前付けてもらったんですか？」

と、ここでディアナが簀巻きにした獲物を運んでいる二匹の召喚獣を見て感嘆の声を上げる。俺が名前を付けたと言えばちょっと語弊《ごへい》があるな、今回は。

「いやエミリーのメモに書いてあったんだ。こっちの蛇がね」

「ヨルムンガンドにキャスパリーグだろ？」

「そうそれ」

説明しようとした途端、エルが名前を言い当てる。やっぱり彼女何か知ってるなと思うものの、今は別の事に気が取られる。

「あれ、エル元気だねそういえば」

あれだけ肉が無くて死にそうな顔をしていたエルは、もう元気いっぱいの満点笑顔だ。

「おう！　取り柄だからな！」

「カレーの肉は？」

「生肉は匂い強くて魔物が集まるといけないからって、先生が退避させてたんです……ごめんなさい、ちゃんと確認すれば良かったですね」

ディアナが苦笑いを浮かべながら頭を下げるが、悪いのは彼女じゃないだろう。強《し》いて言えば連帯責任、もっと言えば一言もそんな事を口にしなかったそこの大あくびをかましている担任かな。

「よく寝た……良い匂いだなカレー出来たか？」

「任せてくださいライラ先生！　このイシュタール家秘伝のカレーパウダーを仕上げに入れて……完成！」

「お米も炊《た》けましたよー」

鍋の上からパラパラと秘伝の粉っぽい物を撒くシバと飯盒《はんごう》の蓋を開けいそいそと掻き混ぜるディアナ。

「なぁアル、カレーにするかライスにするかオレにするか⁉」

「オレ以外で」

あとはわけのわからないテンションのアルだったが、腹が減っているのは俺達も同じ。各自皿とスプーンを用意してそれぞれよそい、適当な所に腰を掛ける。

「よし席についたな、それじゃ食べ……ってアルフレッド、マルフォーネルの生徒なんてどこで見つけた？」

食事の挨拶を中断して、眠そうな目をこすりながらライラ先生が俺達の捕まえた獲物を指さし尋ねてきた。ちなみに全員腹が減っていたのでカレーをスプーンで掬《すく》い始める。

「ダンジョンの最深部で」

「そいつだけか？」

「ええそうですけど」

そう答えてから俺はカレーを口に運ぶ。うんやっぱり疲れた後のカレーは最高だな特にこの肉が良いね。

「面白いなアルフレッド、そんな冗談どこで仕入れてきた？ ダンジョンの生成と維持ってのは常に膨大な数の魔法を同時に処理しなきゃならなくてな、最小単位の三階層でも十人単位でやるもんだぞ」

「一人でできないんですか？」

「まぁできる奴がいるとすれば……天才か変態かその両方だ」

先生も一通り説明してから、晩飯を酒で流し込み始めた。まだ飲むのかこの人。

「そうなんですか……だってさ変態マスター」

少しだけ芽生えた罪悪感が、俺に食事を中断させて獲物を解放するという心優しい行為をさせる。

ちなみに獲物は大声で喚き始めたのですぐに後悔する羽目になる。

「天才ダンジョンマスター・ヴェルナスだ！ 全くこれだからフェルバンの化石どもは……まぁ教師の質は及第点と言ったところだがな」

「硬い棒、早く」

「カミソリ」

その鳴き声に苛立つ被害者の会のお二人。俺も包丁貰おうかな。

「まぁお前が馬鹿だって事は一旦置いといて、ダンジョンってのは特殊だからウチで教えてる魔法と同じ基準で比べるなよ」

と、ここで先生が先生らしく励ましてくれた。何て事だ、せっかくの林間学校なのに明日は雨が降るらしい。

「と言うと？」

「ダンジョンコアってのがあってな、そいつには膨大な魔力が詰まってるんだが……どういう理屈かまともに使える代物じゃなくてな」

いつの間にか食べ終わっていたライラ先生が、タバコに火をつけながら説明を続ける。食べるの早いんですね、初めて知りました。

「自身の防衛、とでも言えばいいか。ダンジョンコアそれ自体を守ろうとする魔法に対しては無限に魔力を供給するんだよな。だから自身の魔力を使うウチの魔法とダンジョン関連の魔法は別物ってわけだ」

「何か凄いですねそれ」

なるほどよくわからない、ダンジョンコアは凄いけどダンジョンにしか使えないって事で良いのだろうか。

いやでもあんなダンジョンなんて何かの役に立つとは思えないんだけどな、何のためにあるんだろう。

「ダンジョンコアの実物があれば少しは実感できるかもな……あのマルフォーネルのが回収してるんじゃないか？　青い球体なんだが」

必死に首を横に振るヴェルナス。だが悲しいかなこの場所にはまだカレーに夢中じゃない仲間というか教師が、一人じゃなくて一匹残っていたのだ。

「あ、学園長」

まだ簀巻きにされたままのヴェルナスのポケットから器用に青い球を取り出す学園長。

嬉しそうにこっちにやってきたので、ついその頭を撫でてしまう。

「偉い偉い」

口にくわえたダンジョンコアをじっと目を凝らして見る。朝の青空のように透き通った真球のそれは、妖しく光り輝いている。その色はどこか先程倒した何とかファントムによく似ており、その魔力はつい最近似たようなものを見たような。

「さっきから聞いていればやはりフェルバンの知識はカビの生えたものでしかないらしいなぁ！近年はダンジョンコアの解析も進み……その名で呼ぶ物などマルフォーネルでは皆無だ！」

って眺めてるだけじゃ仕方ない。滅多に無い機会だろうし、少しそれを触ってみようか。

「そう、その青く輝く宝石の名は」

ゆっくりと手を伸ばし、指先がそれに触れる。

吸い込むように、包むように。

あたりの景色を歪ませて。

「記憶の欠片だ」

落ちていく。深い深い記憶の底に。

進んでいく。懐かしき日々への旅路へと。

最終話　大賢者を名乗った日

見知らぬ場所に見知らぬ光景。

けれどその玉座の主が誰よりもその場所を物語っていた。

――仰々しい玉座に肘をつき、鋭い目つきで付き人を睨みつける彼女の姿。

「魔王様、怪しい人間を取り押さえました」

付き人は黒髪の美人だった。切り揃えられた前髪に腰まで伸びた後ろ髪。黒いナイトドレスに紫色のストールを蛇のように巻き付けた彼女は玉座の前に膝をつく。

「そんなどうでも良い事オレに報告するなよ……人間の一人や二人お前の好きにすりゃ良いだろ」

あくびをするその顔は、俺の知っている彼女の姿とはどこか違うものだった。同一人物だという事はよくわかるが、その醸《かも》し出す雰囲気は冷たく険しい。

「ですがその人間は魔王様に会わせてくれと」

「ハッ、ふざけた野郎もいたもんだ。ここがどこかわかってんのか？」

あたりを見回す魔王。

ここが伝説に謳われる魔王城なのだとわかる。ならば流れるこの光景は、遠い日に起きた事実。

「ええそうなのです、その人間は玉座への扉を眺めながら……私にそう言ったのです」

「敵か？」

「そこまではまだ……しかしその人間は丸腰であの扉の向こうに立っていました」

「どうやって忍び込んだ？」

「お会いすればお答えすると」

「……通せ。なに、少しでも怪しい動きを見せれば首を刎《は》ねてやろうじゃねぇか」

そこで二人の会話が途切れる。

人間、ふざけた野郎。会話の端々から次の登場人物がわかる。

「あのー……お話終わりました？」

薄ら笑いを浮かべながら、扉を少し開けて首を突き出す男がいた。

その男を俺は知っていた。

「こいつか」

「ええ」

その顔を知っている。その声は忘れない。

「お前は……何者だ？」

「名前と職業と……あとは何を答えれば良いですかね」

「オレに会いたかったそうじゃねぇか。まずはその理由から答えてもらおうか」

身を乗り出した彼は、深々とエルに頭を下げる。その名前は聞かなくたって十二分にわかっている。

「名前はアルフレッド……ただのアルフレッドです」

俺がいた。瓜二つなんてものじゃない、そこにいたのは俺でしかない。今の俺と何一つ変わらない姿が魔王城のど真ん中で恭《うやうや》しく言葉を続ける。

「職業は羊飼い、趣味は星を眺める事で好きな食べ物は甘い物」

何一つ自分と変わらないその自己紹介に思わず眩暈がしそうになる。

けれど決定的に違うものが彼と俺の間にあるとすれば。

「ここに来た目的はそうだなぁ、ちょっと説明しづらいんですが……うんそうだな、これが一番正確だ」

にっこりと笑う彼。

「人類の天敵、魔王エルゼクス様にお願いがあって参りました」

「言ってみろ」

そこから出てくる言葉はきっと、今の俺が逆立ちしても出てこない。

「俺と一緒に……世界を救ってもらえませんか？」

彼は大言壮語《たいげんそうご》を吐く。

冗談のような軽口で、口笛でも吹くかのように。

「へぇーここが牢屋かぁー……ってちょっと看守さん！」

切り替わった景色。

羊飼いのアルフレッドは牢屋に放り込まれていた。

「命があるだけありがたく思えよ人間……全く、さっさと処分すれば良いものを」

牢屋に錠を下ろしながらため息をつくのは、白く大きな翼を持った、鎧《よろい》を着込んだ騎士の姿。

きっとその言葉は彼らの道理なのだろう。

「まぁまぁそう言わずに……仲良くしましょう」

けれどアルフレッドは何一つ動じずに鉄格子の向こうから右手を差し出す。この人懐っこさと気楽さは、自分に無いように思えてしまう。

「状況がわかっているのか？　戦争中の魔族の本拠地にやってきて仲良くしましょうなどという言葉、寝言にしても出てくるものか」

「そんなにおかしいですかね？　地元の羊はだいたい友達だし俺の相棒は犬ですよ」

「貴様の事情など知らんな」

「ならはじめまして、羊飼いのアルフレッドです、よろしく！」

嫌味すら通じないアルフレッドに呆れ交じりのため息を漏らす騎士。

「貴様に名乗る名前はない」

「じゃあ看守さん、で良い？」

「違う」

「わかったぞ……掃除の人だ」

「今すぐ殺しても良いのだぞ？　自分にはその程度の権限が与えられているのだからな」

「おっかないなぁ、軍人さんかな？」

相手が剣の柄に手をかけてようやく、わざと驚いてみせるアルフレッド。それでも人懐っこい笑顔がそこから消える事はない。

「そうでない者はここにはおらん」

「じゃあ軍人さん、改めてよろしく」

再び差し出された右手に騎士は一瞥《いちべつ》もくれず背を向けた。それでもアルフレッドは笑う。

――張り付いたような笑顔を浮かべて。

「魔王軍四天王と呼ばれた自分がここまで虚仮《こけ》にされるとはな……」

「してませんよ」

一瞬だけ、アルフレッドの顔から表情が消える。息苦しさが交じったそれが本来の表情だとわかる。

「俺は本気であの人に、助けを求めに来たのだから」

「わからん奴だ」

「いつかわかって欲しいですけど……せめて今日は人間にも色々あるって知ってもらえませんか？」

アルフレッドがそう言っても、騎士は答えようともしない。

それでも差し出した右手に、彼の背中の翼がほんの少しだけ触れた。

◆◆◆

牢屋に入れられて数日が経ったのだろう、アルフレッドは簡素なベッドに横になりながら呑気にあくびを一つしていた。ただ些細な変化が、彼の周りに起きていた。

「おい人間、飯持ってきてやったぞ」

石畳の階段を下り、鉄格子の扉を叩くのは短髪で黒髪の少女だった。獣と人の特性を持った魔物らしく、耳は頭の上に猫のようなそれが付いており、黒い尻尾が伸びている。

「いよっ、待ってました一日の楽しみ……ってアレ、いつもの彼じゃないんですね」

いつもの彼とは、アルフレッドを牢屋に入れた張本人である騎士の事だ。

いつの間にか彼とは雑談程度をする間柄になっており……いやどうして俺はそれを知っている？

「彼……ああアイツ？　アイツはね、人間との戦争にお出かけ中。ウチは代理よ、癪だけど」

「彼の代理なら君も四天王って奴ですか？」

差し出されたパンとスープを受け取って、アルフレッドがそう答える。

四天王とは魔王の直属の配下である魔王軍の幹部の俗称であり、人間のみならず魔物からも恐れられていた。しかしその詳細について触れられるのは限られた者だけであり、名前はおろか姿形すら知られていない。

「ふぅん、人間の割には物わかりいいじゃないの。アンタ名前は？」

「アルフレッドです。あなたは？」

「教えなーい」

悪戯《いたずら》っぽく笑う少女。その立ち居振る舞いは猫にふさわしいものだった。

「何か軍人ぽくないですね、前の人はいかにもって感じだったけど」

「アンタら人間の価値観で判断しないでくれる？　アイツみたいなクソマジメの方が、ウチらの中じゃ特殊なの」

「ああそっか、君らの偉さは強さ順だから形式張る必要はないのか」

アルフレッドがそう答えれば少女は目を丸くした。目の前の男が一瞬で正解を言い当てたからだ。

「正解？」

「……絶対教えてやらない」

そう言って彼女はその場を後にする。アルフレッドの胸にあるのは、まだ誰とも握手できていないという小さな心残りだけだった。それをよく、覚えていた。


さらに数日景色は変わらず、牢屋であくびをかますアルフレッド。

ただここ数日と違うのは、ベッドから起き上がっていた事だろう。

「おい人間、起き……てるな。全くいくら非番とはいえ、我輩にこのような事をさせるとは」

「おはようございます……ってまた別の人なんですね。仲良くなれるかなと思ったら変わっちゃうんだもんなぁ」

今日彼を呼びつけに来たのは、今までの二人とは違う尊大な騎士だった。軽装の鎧を身に纏い、美しい顔立ちと白い長髪が目を引くが、何よりも特徴的なのは額から生える長い角だろう。

「フン、思い上がりも甚《はなは》だしいな……貴様ら人間と手を組む事など絶対にあり得ない」

「でも今日は魔王様が会ってくれるんですよね？　ついでに豪華な食事付き」

あっけらかんとしたアルフレッドの態度に、彼もまた目を丸くする一人であった。彼が言った事は間違いなく事実であり、そのためにこの騎士はこんな所まで来ていた。そしてそれは四天王である彼が出向かねばならぬ、密命と呼べるものであった。

「あれ、開けてくれないの？」

苦虫を噛み潰した顔で騎士はその扉を開けた。

彼が案内された場所は気の遠くなるほど長い机が置かれた食堂だった。随分遠くの上座の席で、魔王は肘をついている。

「よく来たなアルフレッド……とりあえずそこに座れ」

指さされた先、彼女の近くの席まで物珍しそうにあたりを見回しながら歩くアルフレッド。

当然だ、この煌《きら》びやかな空間は田舎者を楽しませるには十分すぎる。あまつさえ牢屋に幽閉《ゆうへい》されていたのだ、机の上に並べられた豪勢な食事の数々は、匂いだけで口元がほころぶほどだ。

「それじゃお言葉に甘えて」

席に座るアルフレッド、その後ろで、剣の柄に手をかけ睨みを利かせる角付きの騎士。

しかしエルはそいつを指さしたった一言言い放った。

「……外せ」

「しかし魔王様」

二の句は無い、ただ鋭い眼光が射貫くだけ。

「畏まりました」

角付きの騎士はアルフレッドを一瞥してから食堂を後にする。

エルはと言えば、彼が出ていった直後、首を鳴らし楽な姿勢に切り替えた。

「ま、気楽にしろ。オレは心が広いからな」

その一言でアルフレッドの表情が華やいだ。どうやら俺と同じで堅苦しいのは苦手らしい。

「うんじゃあエルって呼んでいい？　名前長くて言いづらいし田舎者だから敬語って慣れてなくて」

ただいかんせん馴れ馴れしすぎたのだろう、エルは露骨な舌打ちをする。

「テメェおちょくってんのか？」

「まさか！　それならもっと効率よく嫌がらせするよ！」

両手を広げて、抗議ですらない抗議をするアルフレッド。今度エルがしたのは、舌打ちではなくため息だった。

「で、話なんだが」

「その前に」

小さく咳ばらいをしてから、アルフレッドが言葉を発する。

「魔王エルゼクス……けれど魔王ってのは便宜《べんぎ》上の称号で本来は竜姫《りゅうき》エルゼクスってのが正しい。文字通り竜達の姫であり幼少期は煉獄《れんごく》の谷で過ごす。その際密猟《みつりょう》者の人間……というよりは、禁呪使いに仲間を殺され、そこからは禁呪を恨むようになり……まぁ、色々あって豪勢なお城の主様。好きな食べ物は肉全般で趣味は……無いね、何かあった方がいいよ？」

それは過去だった。

魔王と呼ばれたエルの略歴、彼女しか知らないはずの歴史。それをペラペラと喋るこの男に、エルは今になって警戒心を抱いた。

「テメェそれをどこで」

「聞きたいのはどうやってここに来たかだよね？　その方法を使って捕らえられた仲間の四天王を助けてやりたいが立場上そうする事もできない。弱肉強食の世界で助けられるって事はそのまま弱者になる事を意味するからね。だからその方法について簡単に実演をしてみたんだけど、過去を喋ったのは……ごめん失礼だった」

小さく謝罪するアルフレッドだが、エルにとってそれは些細な事だった。それよりむしろ、恥を忍んで頼もうとした内容を言い当てられ思わず拳を握りしめる。

「何なんだよ……テメェは」

「最初に言った通り、羊飼いのアルフレッドさ。趣味は星を眺める事で、好物は甘い物」

最初に聞くべき言葉に、最初に答えた言葉を返す。

けれどそれは彼の全てなどではない。

「けれど言い忘れてた事が一つ。趣味が高じて特技が二つだけあるんだ」

ぴんと指を二本立てて、アルフレッドは人懐っこく笑ってみせる。それは彼が大賢者と呼ばれるにふさわしい、特異すぎる力だった。

「星をね、読めるんだ。過去にあった事象を全て読み解くってのが一つ目」

読み解くのは宇宙の記憶。

世界が誕生したその日から刻まれ続けた記憶の書庫へ、彼は自由に出入りできた。

「二つ目は過去にあった事象を全て再現する事ができる」

再生するのは宇宙の歴史。記憶に刻まれた出来事をいとも簡単に再現する。

「魔王もあっと驚く方法……魔法って名前付けたんだけど変かな？」

その術の名は魔法。冗談交じりに答えたそれが、この世界の礎《いしずえ》となった。

「オレに聞くな」

ただ魔王本人としては少し複雑な心境だったらしい。アルフレッドの話を彼女は理解できなかったし、何より当て馬にされたようで気分が少し悪くなった。

「じゃあもっと驚いてもらいたいから」

それでもアルフレッドは引き下がらない。用意された食事に手を付けず、椅子を下げて立ち上ががる。

それからうんと背伸びをして、あくびを一つかましてから。

「グリフィードさんを助けてくるよ。彼と話すの結構楽しみだったんだ」

翼の生えたあの騎士の名を口にしてから、霞のように消え去った。

◆◆◆

目が覚めて一番最初に飛び込んできたのは心配そうなエルの顔だった。

俺に馬乗りになっているのはいかがなものかと問いたいが、今は状況を確認したい。

「お、やっと起きたかアル」

「ああ……おはよっこらせっと。ここシバの家？　林間学校は？」

とりあえずエルをどかして確認すれば、ここは間違いなくシバの家の俺の部屋だった。

「お前なぁ、ぶっ倒れてから三日も寝てたんだぞ」

「そっか」

思いの外短かったというのが最初に出てきた感想だった。それぐらいあの記憶の旅は濃密なものだったから。

——不思議な感覚だった。

自分と同じ顔と名前を持った男の見知らぬ記憶を俺は確かに覗き見た。俺がいてエルがいて、覚えのある名前もあった。ハッキリとそれを覚えているせいでどこかエルを直視できない。

「大変だったんだぞ、ダンジョンコアが消滅して大騒ぎだ……ところであれ、叡智の欠片だかに似てなかったか？」

今ならわかる、あれに封印されていたのは大賢者アルフレッドの記憶そのものだ。

叡智の欠片とは少し性質が違うのだろう、強くなったような感触はどこにも無い。

駄目だまだ少し眩暈がする。

「さぁ、魔力が強すぎて気絶でもしたのかも」

「ハッ、オレの旦那がそんなに貧弱かよ」

適当な嘘をでっちあげれば、エルが持ち上げてくれる。あの記憶が正しいなら最初は敵同士に近いはずだったのに、どういう経緯でこうなったんだか。

「だと良いけどね」

肩を竦めて笑ってみせる。それが精一杯自分にできる彼女に対する礼に思えた。

「なぁアル……お前何か雰囲気変わったか？」

けれど慣れない事をしたせいか、怪訝《けげん》な顔でエルが俺の目を覗き込む。

「寝不足が解消されたぐらいだよ、それと腹が減ったぐらい」

腹を押さえれば腹の虫が一鳴きする。今は考えても仕方がない、少なくとも三日間の絶食は胃袋に応えたらしい。

「よし来た、そこで待ってろよ……今肉持ってきてやるからな」

「いやお粥《かゆ》かお菓子が良いんだけど……行っちゃった」

いきなり肉は辛いな、なんて言いたかったが部屋を出たエルには届かない。

本当、どうしてエルはこんな感じなんだろうな記憶の中とは随分違うな。

「結局何だったんだろうな、アレ……」

ぽつりとそう呟くが答える人は誰もいない。結局あんなものを見せられたところで何も解決しちゃいない。

わかった事と言えばエルと大賢者の馴れ初めに、魔法という名称の由来ぐらいだろうか。

あとは何だ、シバの召喚獣の名前が出てきた事ぐらいで……駄目だそれ以外は考えるだけで頭痛がする。

とりあえずまた寝よう。三日ぐらい寝ていたらしいが関係無い、冴えない頭を休ませるには昼寝ぐらい必要だった。

目が覚めたのはカレーの匂いのせいだった。

嗅覚のおかげで目が覚めるというのは初めての経験で、ついでに林間学校の時のカレーを食べそびれた事を今になって思い出した。要するに空腹だったので、俺は気力を何とか振り絞り上半身を起こす。

シバがいた。

「やぁおはようマイフレンド……起き抜けにカレーはどうだい？」

「それ起き抜けに食べて良いもの？」

「当然さ、何しろ薬膳《やくぜん》カレーだからね」

「んじゃ遠慮なく」

お言葉に甘えて、俺はベッドから起き上がり近くのテーブルまでゆっくりと向かう。

寝すぎていたせいで足が少しだるいが、それでも鼻孔《びこう》をくすぐるスパイスの香りには勝てない。

椅子に座ってスプーンで軽く掻き混ぜれば、スープっぽいカレーで、鶏肉にキノコにたっぷりの野菜と確かに体によさそうだ。

「あれ、エルは？」

そういえば姿が見えない。カレーを口に運ぶより早く出てきた言葉はそれだった。

「君のために鳥の丸焼きを作ろうとしていたが厨房が大変な事になりそうだったからね、代わりにこのカレーを用意させてもらったよ。今は自分の部屋で不貞腐《ふてくさ》れているんじゃないかな」

「確かに鳥の丸焼きは辛いな」

というわけでカレーを一口。

辛さ控えめで野菜と鶏肉の出汁《だし》が染みていてとても美味しい。

「美味しいねこれ、シバが一人で作ったの？」

「まさか、僕とグリフィードの合作さ！」

「グリフィード……ね」

自信満々に答えるシバだったが、その表情よりも脳裏を巡るのは妙に残る彼の名前。

「彼は鍋に食材を入れられるのさ、凄いだろう？」

そう、彼。

武人のような風格を持った男の名が、今はシバの召喚獣の名前。似ても似つかないその二つだが、どちらも違和感など無い。どちらが先かと言われれば当然前者なのだろうが、ならシバの召喚獣は何なのかとつい考え込んでしまう。

「どうしたんだいアルフレッド君、難しい顔をして」

と、聞きなれた声で顔を上げれば、そこには不安そうに俺の顔を覗き込むシバがいた。

精一杯の作り笑いを浮かべてから、俺は食事をもう一口だけ口に運んだ。

「いや少し考え事。具合が悪いわけじゃないから」

「冷めても美味しいからゆっくり味わうと良いさ。明日は少し早いから今日は寝ると良い」

「少し早い……何かあったっけ」

「学校」

その二文字に急にカレーがまずくなった気がした。

「がっこう……？」

「明日は月曜だからね」

「げつよう……」

つまり何だ俺は貴重な休みを寝て過ごしていたのか。

え、って事は何だ、今は日曜の夜？

何してんだ俺、カレー食ってる場合なのか。遊ばないと、いや寝ないとか……どうすればいいんだ俺は。

「ちなみに君は少し早く来てくれって伝言を頼まれててね。朝食は用意させておくから安心してくれ」

「あっ、おやすみーっ！」

駄目だどうせライラ先生だろうけど怒られるの確定だ、これ。カレーかっこんで寝よっと。

「ごちそうさま！」

「普通逆じゃないかな……」

シバのそんなぼやきを布団越しに聞きながら自然と眠りに落ちていく。

それは深く、ただ深く。

海を潜るようにどこまでも。

◆◆◆

走馬灯のように繰り返す。見慣れぬ風景と懐かしい光景が混在し、ただぐるぐると回り続ける。

一夜にして何度も何度も繰り返される景色は、いつもそこで終わっていた。

——何も無かった。虚無《きょむ》と呼ぶにふさわしい空間の中、自分はぽつんと立っている。

共に歩んだ仲間達も、彼女も姿は見当たらない。自分だけがその不思議な空間でただソレを待っていた。

言葉も表情も無く、ただ一人。擦り切れたローブに一本の杖を握りしめ、じっとそこで待ち続ける。

聞こえるのは自分の鼓動、伝わる感触は湿った手のひらの不快感。

楽しい事なんて無い、やりたかった事じゃない。

けれどそれは自分にとって、たった一つのやるべき事。

——開く。

漆黒をこじ開けて姿を現すのは、不快感を煮詰めたような混沌そのもの。

名前の無い、世界の終わりの体現者が、無数の目で俺を見る。

大丈夫だ。そう自分に言い聞かせる。

必ず勝つ。自分を待つ無数の顔を思い浮かべて、ほんの少しだけ口を歪める。

息を吸って、吐いて。杖の先をソレに向けて、精一杯の強がりを口にする。

「大丈夫、必ず勝つよ。だって俺は」

すぐに消え去る独り言。

この光景の幕が下り、またいつかの景色へ飛んでいく。いつもいつも、その後の言葉は聞き取れなかった。


「俺は……林間学校でカレーを食いそびれたあああっ!?」

ガタンと音を立てるのは机の上で寝ていたせいだ。

「うわ凄い寝言」

聞こえてきたのは、耳に覚えのある男の声。けれどシバではなく、もっと年が上の人。

「あ、クロード先生おはようございます」

確かこんな名前の攻性科の先生だよね、うん。相変わらずの美青年で目が潰れそうだ。

「君が随分早くから教室の机で伏しているのを見かけてね。気持ちよさそうだからそのまま見守る事にしたよ」

読みかけの本を閉じて、先生が笑顔を浮かべる。

しまった、このままじゃ素行の悪い生徒だ。少し弁解しておこう。

「いやこれはですねクロード先生、実は朝早くから学校に来いとライラ先生に呼び出されていてですね、遅刻したらまずい殺されると思ってというかまぁ昨日早く寝たせいで変な時間に起きて、登校して座っていたらやっぱり眠っていてですね」

「本当？　間違いない？」

「はい、間違いありません！」

背筋を伸ばしてそう答えれば、クロード先生はクスクスと笑い始める。

何かおかしな事言ったのかな、俺。

「残念、実は今のアルフレッド君の説明には間違いがあります。さてどこでしょう？」

どこでしょう、と言われましても困ります。自分の記憶をたどっただけだから間違いなんて無いと思うんだけどな。

「ごめんごめん、この言い方は流石に意地が悪すぎたね。実は君を呼び出したのは僕なんだ」

「クロード先生がですか？　いやでもシバは確かにライラ先生って」

言って、なかったような気がしてきたぞ。

「単に先生って言ったんじゃないかな？　多分僕の名前を知らなかったんだと思うよ」

「あー……」

少し、いやかなりホッとした。何せライラ先生じゃないなら、俺が殺される事はないだろうから。

「安心した？」

「ええ、命の心配をしなくてよくなったので」

「本当？　間違いない？」

「はい、今度こそ大丈夫です！」

また声を張り上げれば、面白そうにクロード先生が笑い始める。意外と笑い上戸なのかな。

でもずっと笑ってるなこの人、流石に笑いすぎのような気がしてきたぞ。

「あの、クロード先生？」

「いやぁごめんごめん、ついおかしくって」

ひどい言い草だなと思いながら、ほんの少しだけ襟を正す。

そうすれば笑われないだろうという俺の魂胆《こんたん》が少しは通じたのか、クロード先生も少しだけ神妙な顔になる。

「それで何で俺なんか呼び出したんですか？」

「ああ、それなんだけどアルフレッド君」

で、本題。けれど切り出されたそれは、随分と短い言葉で。

「死ね」

あり得ないと思えたそれは、ごく単純な魔力の爆発によって達成された。

◆◆◆

死。

どんな辞書にも載っているその一文字の体験は、一生に一度しか無いものだろう。

――けれどわかる、俺は死んだ。音も無く痛みも無く俺の命は終わりを告げた。

不思議な感覚だった。体の境界は消えて、ただ意識だけが靄のようにその場に漂っていた。かろうじて残っていた視覚が捉えたのは、頭から上が吹き飛んだ俺の体。

「こんなものか……素質があると言ったって、所詮Fランクだったって事かな」

クロード先生は吐き捨てるように呟いた。俺を、人一人を殺害したというのにその様子はあまりにも落ち着き払っていて。

慣れている。浮かんだ言葉はそれだった。

「あーあ先生、派手にやりましたね」

少し遅れて聞こえてきたのは聞き覚えのある女性の声。

「おいでマリオン」

覚えている、この学校の生徒会長だ。しかしこの間とは打って変わって、随分とまぁ恋する乙女みたいな顔をしている。

と思ったらクロード先生の頬にキス。みたいな、じゃなかったようで。

「でも良かったんですかね、叡智の欠片を吸収できる人って珍しいんでしょう？　こう何というか、勿体ないような気がしません？」

爆破されたのは俺の首から上だけじゃなかったようだ。教室の壁は粉々になり随分と風通しが良くなっている。

「まぁ彼にはまだ利用価値はあるよ。本命は魔王様の方さ」

「へぇ先生、ああいうのが好みだったんですね」

「マリオン、冗談には質《たち》のよいものと悪いものがあるけど……今のは後者だね、どう考えても」

肩を竦めるクロード先生にクスクスと笑うマリオン会長。

――しかしまぁ人の死体の前で談笑デートなんてお洒落な事で。

「前にも言った通り、彼女は必要なんだ。僕らがやろうとしている事には」

拳を握り、じっとそれを彼は見つめる。そんな精悍《せいかん》な横顔をうっとりするような目で見るマリオン会長。俺の死体の前じゃなければ少しはムードがあるのだろうか。

……ないな、うん。

「アルフレッドを超える。そして僕が……新しい大賢者になるんだ」

ここで明かされるクロード先生の野望。けどどうでもいいなうん、他所《よそ》でやってくれれば良いんだけどな。

「ところでこれ、片付けなくても良いんですか」

「ああ、使い道があるからね」

「と言うと？」

クロード先生がにっこり笑えば、廊下を駆ける誰かの足音が近づいてきた。そして彼女は血相を変えた顔で扉を開け、大声で叫んだのだ。

「あのっ、何か大きな音が！」

一瞬。

彼女が状況を理解するにはそれだけで良かったのだろう。笑う二人に、首の消滅した俺の体。だから彼女は当然のように腰を抜かし、力無くその場に座り込む。

「やぁディアナ君、ちょうど良かった。君に頼みたい事があるんだ」

平然と、それこそ教師が生徒に頼むように。クロード先生は笑顔で言う。

「魔王様を連れてきてくれないかな？」

わざわざ俺を殺してまで、手にしたかったその名前を。

「魔王様って言ったんだけど……これはちょっとすぎじゃないかな?」

わざとらしく、または芝居掛かった声色でクロード先生はそう答える。

自分で教室の壁をぶち壊して、あとついでに俺を殺しておいてその台詞はないだろう。

教室の前の扉、さっきまでディアナが座り込んでいたその場所で、他の生徒達を押しとどめるライラ先生が重苦しく口を開く。

「クロード先生……まさかあなたが」

「ライラ先生甘かったですね。せっかくアルフレッド君を退避させたのに、こんな簡単な手で殺させるんだから。いい加減、学園長の犬やめたらどうですか？」

「はっ、そう簡単に教鞭《きょうべん》を捨てる気にはなりませんよ。特にあなたみたいな最悪な形ではね」

「残念、仲良くなれると思っていたのに」

少しだけ事情が漏れる。

あの唐突な林間学校はライラ先生と学園長の作戦だったのだろう。けれど敵が誰か……まぁマリオン会長は置いておいて、そこまではわからなかったと。で、答え合わせは最悪の形で行われた。

間抜けな俺の死という答えが。

「エルちゃん！　こっちです、アルくんがアルくんがあっ！」

泣きじゃくって、悲痛な声を上げてなお、エルを連れてきてくれたディアナ。凄い子だなと思いながらも、原因である俺にそう言える権利はないような気がしてしまう。

「……テメェ、アルに何しやがった」

意外だったのはエルの対応だった。

言葉も無くクロード先生とマリオンを殺しにかかるような性格だと思っていたが、そうしなかった彼女がいた。

「見てわかるだろう、殺したんだ」

クロード先生は俺の死体の胴を持ち上げ、ふざけた口調で悪趣味な小芝居を始める。

「えーんエルー痛いよー怖いよーここは暗いよー、早く助けておくれよー」

目を背けるディアナに、歯ぎしりをするエル。冗談が得意な方ではないが、まさか死体になってもつまらないとはね、俺。

「……何が望みだ」

「話が早くて助かるね。僕はね魔王様……新たな大賢者になるんだ。だから元大賢者アルフレッドの宿題を片付けなくちゃあならない」

――宿題。

その言葉に無いはずの胸が騒ぐ。

「その顔、魔王様は知らないようだね。いいよ教えてあげるよ、教師としての最後の仕事だ」

ああ、そうだとも。六百年前にやり残した事が、たった一つだけ残っている。

「大賢者アルフレッドの最期を」

けれど、それは。

◆◆◆

——彼の、いや俺の立てた計画は順調に進んでいた。

魔王軍に協力し、人類を劣勢に陥らせる。そこで俺が魔法という餌を引っ提げて人類側に現れ、そいつをさっさと普及させる。戦局ごとに行われた自作自演は功を奏し、もはや魔法は人類側にとって無くてはならないものとなった。

そして代わりに、姿を消したものがあった。

「何だよアル……もう飲まないのかぁ？」

「エル、いくら何でも飲みすぎじゃないかな」

「ぶぅぁか、何言ってんだよお前は！　今日飲まないってんならいつ飲むんだよ！」

祝勝会、ではなかった。魔族と人類の争いに、勝利したのは人類だ。それでも彼女は上機嫌で、魔王軍のみんなも和気藹々としていた。

「本当、ありがとなアル。お前がいなけりゃオレ達はさ……」

魔王軍は劣勢だった。数で劣る彼らに勝機など微塵も無かった。そして何より人類には、魔法よりも強大な力があった。

禁呪。

時間を操作するという、人智を超えた神の領域。

魔族にとって、いや全ての生物にとってそれはあまりにも危険すぎるものだった。それを知らなかったのは、おそらく人類だけだろう。だから彼女達はこんな俺に協力をしてくれた。

「エル少し休んだら?」

「何でだよ」

「いや、いつもより随分しおらしいなって」

「バカお前、嫁のそういう態度をからかうなよ」

夜空の下二人で笑う。

最低の勝利ではなく、最高の敗北を。大賢者アルフレッドと魔法により、魔王エルゼクスは倒されたという筋書きだけが、この戦争の結末だった。

それでいい。それが俺の望みだった。

けれど本当は、もうソレが迫っている。時間なんて、もう無かった。

「さむっ」

わざとらしく体を震わせ、仰々しい言葉を吐く。

「だらしねぇなぁ」

「まぁ積もる話は所用を足してからがいいかなと」

「便所か?」

「お花摘んでくる」

冗談を口にする。軽口のはずなのに今はそれが随分重い。

「すぐ戻るんだろう?　まだアレとの決着はついちゃいないんだからな……頼んだぜ」

その言葉に息が詰まる。

先日の様子見の光景が脳裏を埋め尽くす。駄目だ、勝てない。何より彼らを巻き込めない。握った拳に血が滲《にじ》み、表情は凍りつくけど。またいつもの自分らしく、ヘラヘラと笑ってみせて。

「帰ってくるよ、絶対に」

出来もしない約束を一つだけした。


「ただいま相棒、元気だったか？」

帰ってきたのはエルが待つ場所じゃない。そこは俺の生まれ故郷で、待っていたのは一匹の犬。

「ここも随分栄えたなぁ……」

今やこの辺鄙《へんぴ》な片田舎は、大賢者アルフレッド生誕の地となっていた。彼の魔法を紐解くため、こぞって学者やら文官が大陸中から押し寄せて集まっている。草木の代わりに家が並び、道は石畳で舗装《ほそう》された。

けれど共に羊を追った相棒と、お気に入りの昼寝の場所だけは変わらずにそこにあった。

「なあ相棒、今日はお前にお別れを言いに来たんだ」

そう言葉にした瞬間、現実が俺を襲う。蓋をしていた恐怖や不安が波のように押し寄せる。

「大丈夫……じゃないんだ。多分俺は負けるけどさ」

勝ち筋など見えやしない。これから挑むべきソレは、人一人が敵う相手なんかじゃない。

だから俺は保険をかけた。

「これをさ、渡しておくから……いつか誰かに渡してくれないかな」

片膝を折り相棒の前に召喚したのは、俺の記憶を――いや記録と言うべきか――詰めた赤子の頭ほどの大きな水晶玉だ。数は三、念には念を入れてそれぞれ要素を振り分ける。

それは魔法そのものと呼べるものだが、相棒はそれを見るなり嬉しそうに戯《たわむ》れ始めた。

「玩具じゃないんだけどな……まぁいいか」

小さな頭を撫でてから、俺はゆっくり立ち上がる。

居心地の良かった故郷にも、仲間達にも背を向けて。向かう先は一つだけ。

「じゃあ行ってくるよ。最後の戦いにさ」

俺は、いや彼は行く。禁呪の果てに現れた、世界の終わりを止めるために。

たった一人で笑いながら。大丈夫だと嘯《うそぶ》きながら。

◆◆◆

「というわけさ、最後の授業は楽しかったかい？」

クロードの言葉はそこで終わりだ。何も間違いなんて無い、伝わっていない歴史の続き。叡智の欠片にでも残っていたのを盗み見たのだろう、得意げな顔が少し腹立つ。

「何で……」

ため息をつくエル。彼女にとってその事実は、そうせざるを得ないものだった。

「何でアルはオレを置いてったんだろうな」

自嘲《じちょう》するように彼女は呟く。肩を並べていた大賢者に置いていかれた事を悔やむ。

「決まっているだろう？　勝てないってわかっていたのさ……でも僕は違う」

また拳を握るクロード先生。

「僕は勝つよ。大賢者アルフレッドが勝てなかったあの存在に、必ず勝って僕が新たな大賢者になる」

その志は、多分間違いなんかじゃない。大賢者の残した宿題を片付けようという気概は褒められるべきものだ。

「だから魔王エルゼクス……君も手伝ってくれないかな？　そうしたら愛《いと》しのアルフレッド君は無傷で生き返らせようじゃないか」

「禁呪でか？」

「ご名答。あと少しでアレが向こうから来てくれそうなんだよね」

ああもう、そんなとこまで来ていたのか。

「悪い話じゃないよね？」

その言葉にエルはただ黙っている。

だから。

「……ふざけないでください！」

声を荒らげて、激怒したのはディアナだった。

「新しい大賢者とかあの存在とか、さっきから何の話か知りませんけど！　頼み事があるなら素直に頭を下げればいいじゃないですか！　一人じゃできないなら頼ればいいじゃないですか！」

彼女の言葉が、たまらなく嬉しかった。

事情なんて知らなくたって、間違っていると言える勇気が。

「アル君をそんな風にする理由が……一体どこにあったんですか！」

「理由と言ってもね……魔王様にすんなりとご協力いただくにはこれが一番効率が良いんだけどな」

クロード先生に悲痛なディアナの言葉は届かない。やれやれと言わんばかりに首を振って、エルにもう一度だけ尋ねる。

「で、魔王様。お返事は？」

「お断りだ。人様の記憶を覗いたならわかるだろう？　オレ達はな、その胸糞悪い禁呪をぶっ潰すために協力したんだからな」

エルは即答する。ああ良かったと心から安堵する。

「交渉決裂だね」

「ああそうだな。これで……テメェを思う存分ブッ殺せるなぁ！」

床を蹴り、そのままクロードに向け一直線と進む魔王。けれどその拳が届くはずもない。

「マリオン君」

「はいはい」

巻き戻される時間。彼女の突進は今無かった事にされた。

「あのねぇ魔王様、結局禁呪の破り方って編み出さなかっただろう？　全く中途半端というかお粗末というか。これでよく恥ずかしげもなく大賢者なんて名乗っていたよね」

「……違う」

歯ぎしり交じりにエルがそう言う。

「アイツがそう名乗る時は、いつだって照れ臭そうだった」

覚えている、あまりに突拍子のない称号に背中が痒《かゆ》くなった日の事を。

「思い出話かい？」

「違う」

「新たな大賢者なんて真顔で言い張るテメェ如きが……代わりになんかなれねぇんだよ！」

もう一度突進するエル。それを見てため息をつくクロード。

「感情論は嫌いなんだよなぁ。何の意味があるんだい、それって」

どうやら彼の眼には、それが勝算の無い突撃に見えたらしい。だから禁呪を使って、いとも簡単に時間を戻す。

彼女は笑う。

知っていた、伊達《だて》に軍を率いて戦っていたわけじゃない。禁呪の弱点、それは禁呪そのものが決定打になり得ない事。

あくまで時間を戻せるだけ、ならやられる前にやるのが鉄則。

一人じゃ勝てない、当然だ。だけどもう一つ当然なのは。

戦い続けたのは、俺と彼女だけじゃなかったという事だった。

「それは残念ですね。僕は愛のためにここにいるのだから。あなたから学ぶべき事は……何一つありやしない！」

シバがそう叫べば、呼応するようにグリフィードが風を起こす。

顔をしかめ時間を戻す。なら。

「確かに感情論は嫌い。けどあなたはムカつく……絶対に許さない」

ファリンの声に従い、ヨルムンガンドが床を突き破る。

その毒牙がクロードの首筋に当たる直前に、時間をまた戻される。

まだだ。

「ククク、ハーッハッハッ！　貴様のような度量の狭い人間が大賢者だと!?　笑わせるな！　その称号は！　我が盟友にこそふさわしい！」

天井に張り付いていたキャスパリーグが、エミリーを乗せその爪で襲い掛かる。戻されるだったら。

「昔の事なんて知らない……でも、だからわかるんです。あなたという人は、わたし達落ちこぼれ以下のひどい人だって！」

ディアナが叫んだ。嘶《いなな》きもせず突進したアインランツェの角が、クロードの胸を貫く。

——勝った。

そう確信したエルが、口元を綻ばせる。けれど敵は一人じゃない、マリオンが無慈悲に禁呪を使う。

「困るんだよなぁ」

頭を掻くクロードが、苛立ちながら言葉を続ける。

「お遊戯は……学園祭で披露してくれないと！」

同時に放たれる無数の攻性魔法。エルやクラスメイト達めがけて放たれたそれは、無慈悲にも彼らを襲った。

「ああもう、じゃあこうしようか魔王様。ここにいる連中を皆殺しにする。生き返らせて欲しければ、さっさと僕の下につけ。これで良いかい？」

魔法を発動させるクロードには交渉する気などない。ただ自分を苛立たせた彼らを殺したいようにしか見えなかった。

——何をしているんだ、俺は。

いつまで高みの見物をしているつもりだ？　俺のやるべき事なんて、なすべき事はずっと昔から。

六百年も前に決めていたはずなのに。

◆◆◆

「じゃあ行ってくるよ。最後の戦いにさ」

俺は、いや彼は行く。禁呪の果てに現れた、世界の終わりを止めるために。

たった一人で笑いながら。大丈夫だと嘯きながら。

——なんて格好良く終われる俺じゃない。

「いててててて！　噛むなよお前は!?」

いざゆかん決戦の地へとキメていたのに、思い切り足に噛みついてくる相棒。

いや普通怪我させないでしょこれから戦いに行く飼い主に。

「わかった、わかったよ……死なないから、帰ってくるから！」

それでようやく離れる相棒。

と思ったらじっとこっちを見つめてワンとすら鳴きやしない。

「え、証拠出せ？　ったく、ちょっと見ないうちに世間慣れしやがってお前は……犬小屋も立派になってるし何か貢物《みつぎもの》の数すげぇし。豪邸でも建てる気か？」

大賢者アルフレッド生誕の地、相棒のボロい犬小屋はもはや俺の実家より立派になっていて、各国から送られてきた何やかんやがうずたかく積まれていた。

犬だぞこいつ、よく送り付けたよ、馬鹿かよ。

「ま、いいや……ほらよ証拠。まぁどっちかというと担保だけどさ……いいだろそのペンダント、格好良かったから魔王城から貰ってきたんだ。エルには言うなよ」

とりあえず手持ちの物で着けていた装飾品を相棒に渡す。

と思ったら、その担保を穴掘って木の下に埋めやがって。多分高いんだぞそれ。

「学校作る？　魔法の学校ねぇ……ま、それは面白そうだな」

わんわんと吠える相棒はそんな事を言い出した。確かにこれだけ貢物や金銀財宝があるんだから学校ぐらい出来るか。冗談みたいな規模になりそうだけどな。

「よし相棒、じゃあこうしようか。お前が作る学校にいつか必ず遊びに行くから、その時にそいつ返してくれ」

——約束をした。

できるできないじゃない、果たさなければならない約束を。

「馬鹿、教師としてじゃないっての。そんな事したら意味無いし、俺はお前が作った学校が見たいんだよ」

いつかそんな日を思う。はい先生、何で犬が学校作ったんですかって、とぼけた顔をして質問するような未来の事を。

それは大賢者として祭り上げられるより、よっぽど自分らしい気がした。アホ面下げてヘラヘラ笑って、適当に授業はサボって。できればエルや、他のみんなも一緒がいい。多分毎日楽しいだろう。

「だからまぁその時はさ、生徒として学びに行くよ……色んな事をさ」

そうして俺は戦いに行く。

大丈夫、そう自分に言い聞かせる。けれどその足取りはずっと軽くなっていた。

大丈夫。

何があってもこの足は。

思い出す。

自分が何をしてきたのか。

思い出せ。

自分がここにいる意味を。

死んだ、俺が？

冗談だろう、たかが首が消えただけで？

それは折り込み済みだったはずだ。あんな化け物と戦うために、何の手立ても用意しなかった俺じゃない。

叡智の欠片、記憶の欠片。

本当の役割を今果たす。

刻んだ記録に残した記憶。それが肉体を形成する。

大丈夫、心はまだ折れちゃいない。

できもしない約束が、いつか描いた夢物語が、今ここにいる仲間達が、たどり着いたこの場所が。

きっと、自分自身だから。


「そんな道理……通るわけないでしょ、クロード先生」

ゆっくりと立ち上がり、首をゴキゴキと鳴らしてやる。

あー痛かった、首が吹っ飛ぶなんて死に方、この六百年で何回あったっけ。

百？　二百か？　ま、いいや。慣れてるしそれぐらい。

「は」

面食らった顔を浮かべるクロード先生。って別に先生でも何でもないのか今は。

ま、いいや。とりあえず首が吹っ飛ばされたお返しに。

「ひっさぁつ！　右ストレートォ！」

その耽美《たんび》な顔面めがけて小汚い拳をお見舞いしてやる。思いっ切り吹っ飛んでくれたのは良かったが、力加減を間違えたのか反動で右腕がバキバキに折れる。

「何で、生きて」

あー痛いなこれ、うん治すか。

回収した叡智の欠片から俺の右腕の記録を呼び出し、はい召喚。

うーん元通り、よく思いついたな当時の俺、かなりズルいぞこのやり方。

「決まってるだろそんなの。それはその」

一応クロードの言葉に答えよう、と思うのだがなかなか良い言葉が思いつかなくて首を捻る。

数秒して出てきた答えは、自分で言うのは恥ずかしいけど。

「俺がだ、だいたい……大賢者的なアレだからだ」

残念な事に一番わかりやすい答えがこれだった。嫌だね背中が痒くなっちゃう。

「声小せぇぞアル！」

間髪容れずに茶々を入れてくるエル。

やだよこんなの大声で言うような事じゃない。

——あでも、この男には一個訂正してやらないとな。

「ま、大賢者がどうとか置いておいて……悪いけどあんたがやろうとしてる事って実は無意味なんだよね」

「は、何を」

ぽかんと口を開けるクロード。いや言葉通りの意味です。

「だからさ、倒しちゃったんだよもう。いやぁ、流石に大変だったね。何せ六百年も戦いっぱなしだったんだから」

禁呪の果てに現れた世界の終わり。無事倒しました。

誰が？　それはもちろん。

——昔々この世界に、アルフレッドという青年がいた。

神々の如き力を用いて世界の支配者たる魔王を封印した彼を、誰もが大賢者と呼んだ。

「馬鹿な……お前如きが本物の大賢者だとでも言うのか!?」

狼狽《ろうばい》する男の問いに俺はただ静かに答える。

「俺が……自分が何かなんてまだわからないけどさ」

記憶はまだちぐはぐで、嘘か真《まこと》か判断できない。

だけど、やるべき事はわかる。

仲間達が傷ついた。それだけでこの力を振るうだけの理由になる。

「俺はなるよ、エルやみんなを助けるためなら」

おこがましいのはわかっている。この世の魔法の始祖を名乗るなど、分不相応甚だしい。

「俺が今から……大賢者だ」

けれど、誓った。

いつか誰もがそうしたように、輝く星に手を伸ばす。天の星の軌跡をなぞり、描く形は五芒星。

「馬鹿な、今更召喚魔法如きで何ができる!」

「何だあんた、大賢者になろうって癖にそんな事も知らないのか」

大賢者が後世の人々に残した六つの魔法。

攻性、治癒、錬金、増強、凋落、召喚。その中でも召喚魔法は長い間、役立たずの愚者の魔法と謳われた。

「だったら見せてやろうじゃないか……こんな事もできるんだって」

けれど、違う。

これは他の五つのような、失敗作とは別物だ。

伸ばした右手にありったけの魔力を込め、声の限り叫んでやる。

「――召喚！」

ソレをこの世に、喚《よ》び出すために。

◆◆◆

――ソレに名前は無い。

けれど似たようなものはいくつもある。終焉、混沌、破滅などなど。大賢者アルフレッドが記憶と記録を磨り減らして、ようやく倒した世界の終わりそのものだ。

「ひっ」

クロードが青ざめた顔をして、少女のような悲鳴を漏らす。当然だ、それは人間が直視すれば正気を失うような風貌をしていた。無数の目に無限の触手。ところどころ開かれた暗黒は光を呑み込み、空間に無様な隙間を作る。

「くそっ、くそっ、くそっ、くそっ！」

何度も禁呪を使い、時間を戻そうとするクロード。けれど無駄だ、それが肥大化していくだけだ。

「いや効かないっての」

効くわけがない。そもそもこれは、禁呪によって巻き戻された時間の集合体だ。

時間のごみ箱みたいなものか。ちゃんとお片付けできないから、魔法があるってのに全くもう。

で、こいつの行動原理だけど、全ての生物を滅ぼすという単純明快なもの。そんな大言壮語を実行できる力があるのだから、これは多分神様の一種なんだろう。よく絵画に描かれるヒゲの生えた爺《じじい》じゃないけどさ。

「よーし行け、あの二人にお仕置きだ！」

怯えるクロードとマリオンを指さし、そう命ずる。

……が、動かない。

無数の目でこっちを見ている。うーん六百年見続けたけど慣れないなそれ。

「なぁアル、一応それお前の召喚獣って事になるのか？」

「一応そうなるね」

倒したけど放置もできないので、召喚獣にしました。

問題の先送りな気もするが……禁呪がこの世から消えた今、まぁ馬鹿二人が目の前でバカスカ使ってたけど気にしなくたっていいだろう。

「だったら名前ぐらい欲しいんじゃないのか、何考えてるかわからねぇけど」

「名前かぁ、エルいい案ある？」

「……クソキモ積年の恨み綿菓子」

「却下」

見た目と事情はまぁそうだけどな。

「仕方ない他に付けてくれそうなのは……エミリー、何かメモ帳に良いの無い？」

「ひっ、えっ、私!?」

そういえばエミリーがメモ帳にびっしり名前候補を書いていた事を思い出し一応聞いてみた。めっちゃ怯えさせたわ、ごめんなさい。

「いや無理ならいいんだ」

「ク、ククク まさしく世界の終末の前夜を絵に描いたような風貌……イヴ・ワールドエンドあたりで勘弁《かんべん》してください」

「じゃそれで……」

そう言い残して気絶するエミリー。うん、悪くないなイヴ・ワールドエンドで行こう。強そうだし。

「よしイヴ・ワールドエンド。そこの不届き者二人を」

怯えるクロードとマリオン。もはや大賢者になるという野望も、これを倒すような気概も無いだろうけど。自分のやった事の責任ぐらいは、せめて取ってもらおうじゃないか。

「懲らしめてやりなさい！」

——勝負になどなるはずもなかった。

そりゃそうだ、禁呪の本体みたいなもので虎の子の時間操作もコイツには効かない。だから魔法を作ったんだけど、まぁ精神食われて廃人になった二人には一生知る由もない事実だろう。

「よーし、もう戻って良いぞイヴ」

そう言うとイヴは霧散して消えていった。うん流石にちょっと強すぎるなこれ使わないでおこうか。

と心に決めた途端、ぐらっと視界が揺れて倒れる。冷たい教室の床に倒れれば、いつの間にか壁どころか校舎の殆どが壊れていて、青い空がよく見えた。

「あー疲れた」

出てきた言葉は平凡そのもの。ちょうどフェルバン魔法学園Fランクが言いそうな台詞で、思わず顔がにやけてしまう。

「なぁアル」

「どしたの？」

俺の顔を覗き込んで、満面の笑みを浮かべるエル。

それから彼女はこんな俺に、真っすぐと右手を差し出してから。

「おかえり」

六百年ぶりの再会なのか、数分ぶりのそれなのかはわからない。

「……ただいま」

けれど握り返したその温かさを、俺はきっと忘れない。

「全く一時はどうなるかと思いましたよ」

「いやいや、流石にマイフレンドが死んだ時は肝を冷やしたね」

「ク、ククク……帰りたい」

「ぐっじょぶ、アルフレッド」

仲間達もそれぞれの言葉を投げかけてくれる。しかし逞《たくま》しいクラスメイト達だ。人が死んで生き返ったのにこの反応、どうやら魔法の未来はそれなりに明るいらしい。

「ああみんなお疲れ様……ごめんね何か、怖い思いさせたみたいで」

「いえ平気で……はないですね。でもこれにて一件落着なのは間違い無しですね！」

ぱんと両手を叩くディアナ。しかしその頭にごつんと。出席簿を載せる女性が一人。

「んなわけないだろファンタスティック馬鹿どもが」

「あ、ライラ先生」

「お前なぁ、どうすんだよこの惨状……校舎はメチャクチャでクロードとマリオンは廃人になってるし、お前ちょっと説明しろ」

「それはその……」

反省文で何とかなりませんかね、と言いかけたけれどやめた。どうやらこの事情を一番よくわかってらっしゃるお方がトコトコ歩いてやってくるのだ。

四本足で。犬だからね。

「ライラ先生、その役割は私に任せてもらえませんか？」

学園長。しかしてその実態は、大賢者アルフレッドの相棒だ。

何の？　そりゃこいつシェパードだもん、一緒に羊追ってたに決まってるでしょ。

「……よっ相棒。元気にしてた？」

「アルフレッド様もお変わりなく」

しかし普通に喋るなコイツ、六百年でどうやら犬も進化したらしい。

「あのライラ先生……犬が喋っているのですが」

「学園長だから喋るに決まってるだろ。そうでなきゃ、どうやって学校運営するんだ」

ごもっともで。

「ていうか何？　犬のくせに六百年生きてるわけ？　どういう原理なんだよ全く」

「なぁにあなたと一緒ですよ。叡智の欠片から記憶を集めて、自分で自分を召喚してるんです。何せ私のご主人様ときたら、いつ帰ってくるかわからない人ですから」

嫌味を言う相棒。はいはい私が悪かったですよ。

「ああ、悪かったよ遅くなってさ」

「構いませんよ。それよりどうですかこの学校は」

「そうだな、何というか……立派すぎてびっくりだよ。もっと犬小屋に毛が生えたような奴だと思ってた」

しかし校庭の木があの木で、ここがあのド田舎だとは、時代は変わるものだ。

「けれど一人でやったんじゃないんだろう？　それを学園長だなんてデカい面するのはどうかと思うな」

「何の事ですか？」

流石にさ、犬一匹じゃ無理だよなこれ。具体的にはこっちの事情に明るくて、組織運営に長《た》けていて、六百年ぐらい長生きしても何ら不思議じゃない生物が。

「言っても良いんだぞ？　四人……じゃなくて四匹の名前」

グリフィード、アインランツェ、ヨルムンガンド、キャスパリーグ。

かつて共に戦った魔王軍四天王あたりが妥当だろう。その証拠にこいつらときたら、小鳥とか子馬とか蛇とか子猫とかに姿を変えて、しれっと召喚獣なんてやっちゃってさ。

しかも俺が今そっち見たら、全員目を背けるのな。新手のいじめだろうこれは。

「全く、相変わらず性格が悪い」

「でさ、相棒。一つだけ気になったんだけど」

「何ですかな？」

で、もう一個聞いておきたい事がある。

「ちょうど五人が最低点数で合格なんて都合の良い事、本当にあるわけ？」

……都合がよすぎる。Ｆランクがたまたま五人で召喚獣がエルと魔王軍四天王。うん流石にＦランクの俺でもね、おかしいなって気づくよね。

「……ワンッ！」

あ、犬のふりして全速力で逃げやがった。

「あ、逃げたぞ！　追うぞみんな！　俺達本当はＦランクじゃなかったみたいだぞ、捕まえて吐かせろ！」

無理やり立ち上がって叫んで、去っていく子犬を指さす。

「ってあれ？」

けれど誰も追いかけない。それどころか笑っている。

「いや、別にわたしはこのままでいいかなーって」

「僕もディアナと同じ意見だね。この学校にここ以上のクラスは無いだろう？」

「その通り、流石に今更」

「ククク……何でみんなそんな冷静なの」

どうやら彼らには、もうランクなんてどうでもいいようだ。

ま、それは俺もそうか。

「ま、そういう事だアル」

エルが俺の肩に手を乗せ満面の笑みを浮かべる。俺もつられて笑えば、これにて世界は一件落着。

「これからもよろし」

「ようし、そうと決まれば今日は我が家でパーティでもしようじゃないか！　楽しみにしたまえみんな、今日という今日は本当のカレーを馳走しようではないか」

あ、はい打ち上げですね今日。

「あ、じゃあわたしお菓子買っていきますね」

「実験で出来た朝まで楽しく遊べる薬持ってく」

「フハハハハ……そういうのやめよう？」

というわけで俺達は進んでいく。顔だけ振り返って、不貞腐れたエルを見る。

「どうしたのエル、来ないの？」

「オレもまぜろよーっ！」

進んでいく、歩いていく。昨日の事は曖昧《あいまい》で、今日はひどい一日だけど。

大丈夫、そう自分に言い聞かせなくたって。

肩を並べる隣の誰かが、何にも気取らず教えてくれる。

大丈夫。

何があってもこの足は。

笑える明日に向かっているから。

エピローグ　～誰もが望んだ笑える明日～

　校舎の復旧は三日で終わった。

　流石フェルバン魔法学園、金だけは唸るほど持っている。

　というわけで朝のホームルームなんだけど、まぁ召喚科やる事無いよね。

「よーしお前ら、出席取る」

　そう言うライラ先生を一応見るファンタスティック馬鹿ども。聞かなくたってわかる、頭の中は
とりあえず今日一日どうやって時間を潰そうかという事だろう。

　ま、自分もその一人だけどさ。

「の前に……転校生を紹介してやろう。入って良いぞ」

　何か前にもこの展開あったなと思いながら、ガラッと開かれる扉を見る。

「クックックック……ハーッハッハッハ！」

　ガラッという音は高笑いによって消え去った。そこにいたのは年端《としは》もいかないような少女だった。

　真っ白い肌に漆黒の長髪を持つ、人形のような幼い少女。

　けれどその制服はどう見てもフェルバン魔法学園のもので。

「聞いて驚け見て叫べ！　わらわの名は破滅と終末の化身、否邪神！　イヴ・ワールドエンドなるぞ！」

駄目だ、何か聞き覚えのある名前だ。

「皆の者、ひれ伏すがよい！」

彼女は教壇の上にドンと乗ってから、何か聞いたような台詞を言い出す。

これはあれですね、名付け親に問題があったパターンですね。

「あの。ライラ先生」

「何だアル、文句あるのか」

「……エミリーとキャラ被ってます」

うんうんと頷くクラスメイト達。流石にこのキャラ二人も要らない。お腹いっぱいです。

「言うに事欠いてそれか」

という抗議は残念ながらライラ先生には届かない。そういう人ですよね、わかってますって。

「アルフレッドオオオオオ！　わらわの愛しの好敵ちゅっチュッ！　六百年にもわたるプロポーズ大作戦にわらわの心はそなたのものじゃ！　はー結婚しよ！」

ピョンピョンと跳ねながら、俺の膝の上に座ったイヴ。もとい邪神。いやこっち系のキャラもですね、いい加減食傷気味と言いますか。

「おい何だこのガキ……」

思いっ切り睨みつけるエル。言い換えるとガンを飛ばす。

自称俺の嫁、怖いな。離婚しよ。

「はっ、誰かといえば魔王、否もはや手垢が付きすぎて魔王（笑）といったところか……クックックッ、今日からアルフレッドの膝の上はわらわの特等席じゃ」

「あのー、後ろの席空いてますけどー、というかあなた召喚してないんですけどー」

「ハッ、何を言うかと思えば……あのクロードとマリオンの精神を食ってやったのじゃ、人間の思考回路をゲットしたわらわにこの程度造作もないわ」

「そっか、あの二人結構頭お花畑だったもんね」

どうやら名付け親に加えて餌も悪かったらしい。

完全に俺のミスだ、問題の先送りはするもんじゃないよね全く。

「ていうかアル、なぁに冷静に話してるんだよ！　つまみ出せよこいつをよぉ！」

「おーおーみっともないみっともない。まさしく六百年を生きた魔王《ババア》とはこの事よ……その点わらわは？　生まれたてっていうか？　生後一ヶ月っていうか？　ぴちぴちっていうか？」

幼児じゃねぇかという言葉は言わない。

「あの、さっさと後ろの席についてもらえませんか？」

「あ、ディアナ切れてる」

「おう任せろディアナ！　こんな奴オレがぶっ飛ばしてやるよ！」

「エルちゃん、あなたもですけど、そこあなたの席じゃないですよね？」

何だか入学したての時とは別の意味で居心地の悪い雰囲気に包まれる教室。

しかしそれでも、それでも俺は救いを神に求める。邪神じゃなくて普通の奴。

その願いは、叶った。

救いの主は教室の扉をバァンと開けてやってきた。

「ちょっとぉ、召喚科の転校生の書類まだ生徒会に届いてないんだけどぉ！　どうなってんのよ全く……『新』生徒会長の私を困らせようたってそうはいかないわよ！」

「あ、チョロチョロビッチ新会長助けてください」

バァン！　勢いよく扉を閉める、繰り上げで会長になったチョロチョロビッチ先輩。

はいはい、神様なんていないいない。

と、ここで教室の空気に耐えられなくなった残りのクラスメイト達が一斉に俺の顔を見る。

はいはい、俺のせい、なんて言葉がつい過ってしまうが本当にそうなのも事実だから。

「先生！」

先手必勝。勢いよくそして元気よく挙手をする。

俺から言える事なんて殆ど無いが、やるべき事はわかっている。

だから叫ぼう声の限り。

「魔王と邪神が隣にいるので……早退してもいいですか？」

◆番外編　失われた記憶の欠片　～日々の終わりと夢の始まり～

羊飼いは夢を見た。

代わり映えしない一日を――羊を追い、木陰で昼寝し、また羊を追いかける、そんな日々を――過ごした夜に、星空の下で夢を見た。

奇妙な夢だった。

友人に囲まれ、笑って、泣いて、また笑って。そんな日々を繰り返す、遠い国の出来事のような夢。

馬鹿げていると彼は思った。

比較すべきものが悪すぎた。ここ数日間彼が見せられていた夢と言えば、悪夢としか言いようのない光景だった。草木は枯れ、空は見えず、転がる人骨を何かが渫《さら》う。本に出てくる地獄という言葉以外に示す事ができない夢を連日連夜見せられていた。

瞼を開ければ白み始めた空が映る。頬を撫でる風の感触も、鼻をくすぐる草の匂いも、彼が愛した故郷の一部。

変わらない日々が欲しかった。この場所で羊を追って生涯を終える事に、疑問も不満もありはしない。魔族との戦いが始まったこのご時世に、わざわざ死にに行くような事など論外だ。平和で穏やかな毎日だけが、彼の望みの全てだった。

だからこそ、蓋をした。

彼を苛《さいな》む連日の悪夢を、無関係だと目を逸らした。

関係が無いと、興味が無いと、意味が無いと。

日に日に具体性を帯びる悪夢から、無我夢中で逃げ続けた。たとえそれが誰かが言った、使命や運命だとしても。

世界を救う？　馬鹿馬鹿しい。

俺が賢者に？　それこそ悪夢だ。

繰り返される悪夢を見て、朝焼けの中一人呟く。そんな虚しい行動が彼の日課になっていた。誰もいない丘の上で、誰に聞かれる事もなく。

けれど。

だけど今日は少し違った。

相変わらず見てきた悪夢は、手に余る地獄のままで。

誂《あつら》えられた英雄の道は、険しく足が竦むけれど。

「やってみる、かな……」

立ち上がってそう呟いた。自然とそんな言葉が出てきた。彼は思わず口に手を当てるが、笑っていた事に気づいた。

それもそうだと諦める。今日見せつけられた奇妙な夢は、そうするしかないのだから。下らない事で笑った。もっと下らない事で泣いて、どんな悲劇も笑い飛ばして。

それもいいと思えてしまった。あんな景色の中に自分がいれば幸せだろうと気づいてしまった。

だから小さく一歩踏み出す。履き慣れた靴で前に進めば、その後を彼の相棒が追いかける。

自信は無い。勇気も無い、知識も、経験も、無いものばかりの一歩だった。

それでも、もう一歩。憧れに似た決意だけがその足を動かした。

羊飼いは歩き始める。

怖いぐらいに美しい朝焼けが照らす、長く険しい英雄の道を。世界を救うためじゃない、守りたいものなんて無くても。今朝見た儚《はかな》い夢の続きが、少しだけ気になったから。

名前も知らない花が彩る、並木道のその先で。

名前も知らない誰かと並んで、笑っていた自分がいる。

そんな、夢の続きが。

あとがき

あとがきです。とりあえずあとがきって何を書いて良いのかわからないので、グーグル先生からあとがきについて教えて貰っている茂樹修と申します。ネット投稿時代はもっとあんまりな名前「あああ」で活動しておりました。そのまま使って検索で一番上に立つという、どうでもいい夢もありましたが、英数字の方が先だと思うよ、と友人に言われて断念しました。かなり悩んだ結果、あーこれにしようと思ったのが最初に書いた小説の主人公の名前。漢字だと普通ですが声に出すとあれな名前。語感が良いので気に入っています。

あとは何書けば良いのかわからないので、書籍化作業の苦労した話でも。本作がデビューなので、あれこれ舞い降りる作業にてんてこ舞いです。というか今初校の確認中のため絶賛舞っています。あれーここの文字が間違ってるよー書いたの誰だーみたいな感じです。もちろん俺です。よく言うあの時の自分を殴りたいとはまさにこの事。タイムマシン一つ下さい。

あとやはり外せないのはキャラクターデザインのお願いですね。おおプロだプロっぽいぞ、とかあほな事考えていたのも束の間、全七キャラクターのデザインを改めて考える事に。ゲームや漫画、あれこれなんかを参考にして集めて書いて、画像はなんと四十枚超。一般的に多いのかどうかすらあやしい。足を向けて寝れないなと思っていますので、北極にでも向けておきますね。

あと何ですかね、あとがきに書く事って。グーグル先生に教えてもらって個人的に驚いたのが、あとがきを最初に読むという人がいるという事実。世の中にはまだまだ自分の想像もしない考えがある人がいて世界の広さを思い知っています。

あれですね。流石にそろそろ文頭を「あ」で揃えるという無謀な作戦が辛くなって参りました。あで始まる単語があんまりないんだなぁと実感しています。改行後の接続詞も少なく、あとはとかあれだとかで進みます。ほかに使えそうな単語を教えてくれグーグル先生！　という事で出て来たあやとりの四文字が僕を襲います。いやそうなんですけどね、誰がどう見てもあやとりの四文字はあで始まっているんですけどね。これをどう活かせば良いのか。僕には想像も付きません。

あやしい日本語で綴られたあとがきの残りスペースも少なくなって参りましたね。数えてみるとあと十二行、そんなに少なくないですね。一体僕は何を見ていたのでしょうか。けれど世の中はあこんな物かとでも思って下さい。まさか自分の書いた小説が本になるとは思っていなかった元ああああからの一言です。自分の予想や想像なんてものは簡単に覆るんだなぁ、と実感しました。まあ夢には見てたんですけどね。目が覚めたら連絡が来ていた時の事は生涯忘れる事はなさそうです。

あとですね、最後にあとがきらしい一言を。大変な状況で尽力して頂いた編集者様、僕が書いたあれな絵付きのキャラデザ表にとても魅力的な絵を返してくれたイラストレーターのかふか様。あと先輩作家の方々に、僕の友人達に、何より本書を手にとって頂いた読者の皆様。最後の行もあで始まります。それでは皆様ご唱和下さい。アディオス！　嘘です気を取り直して。


ありがとうございました。

BKブックス

Fラン生徒は元大賢者

～先生！　召喚魔法で魔王が来たので早退してもいいですか？～

2020年7月20日　初版第一刷発行

著　者　茂樹修《しげきしゅう》

イラストレーター　かふか

発行人　大島雄司

発行所　株式会社ぶんか社
〒102-8405　東京都千代田区一番町29-6
TEL 03-3222-5125（編集部）
TEL 03-3222-5115（出版営業部）
www.bunkasha.co.jp

装　丁　AFTERGLOW

編　集　株式会社 パルプライド

印刷所　大日本印刷株式会社

ISBN978-4-8211-4560-7